KB106276

초판 1쇄 발행 | 2006년 4월 15일
　　　6쇄 발행 | 2019년 4월 10일
지은이 | 이경화
만든이 | 이창섭 여은영 이향란
펴낸이 | 최윤정
펴낸곳 | 바람의 아이들
등록 | 2003년 7월 11일(제312-2003-38호)
제조국 | 한국
구독 연령 | 11세
주소 | 04001 서울시 마포구 동교로 17안길 43-4
전화 | (02)3142-0495 팩스 | (02)3142-0494
이메일 | windchild04@hanmail.net

ⓒ 이경화 2006

www.barambooks.net

ISBN 978-89-90878-30-4　43810
　　　978-89-90878-04-5(세트)

이경화 지음

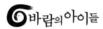바람의아이들

# 차
# 례

# 정말이야?

이사 온 집은 정말 좁다. 전에 살던 집의 반도 안 된다. 하지만 나는 더 부자가 된 것 같다. 집이 내 것 같은 기분이라고 할까? 집 안에 있는 물건들 중 만지면 안 되는 것이 하나도 없고 — 전에 살던 집에서는 마루에 있던 장식장은 열어 보면 안 되었고 창가에 놓여 있는 흔들의자에는 앉아서도 안 되었다. 그 의자는 아빠만 앉을 수 있었다 — 모든 물건들이 제자리에 있는 것 같은 기분. 오디오는 내 방에, 책꽂이는 엄마 방에 있다. 오디오나 책꽂이는 마루에 있던 것들이다.

엄마는 밤늦은 시간에 부엌으로 나와 차를 마시곤 한다. 그럴 때면 탁자 위에 시집이 한 권 놓여 있다. 엄마는 시를 읽을 때도 있고 읽지 않을 때도 있다. 시집을 옆에 가까이 두는 것. 엄마는 그것 자체를 즐기는 것이다. 나는 영화 「헤드윅」*OST 중 「Origin of love」나 「Wig in a box」를 들으며 잠에서 깨어날 수 있다. 어떤 노래든 상관없다. 음악을 들으며 하루를 시작하는 것은 그것 자체로 신이 나는 일이다. 물론 헤드윅을 들으며 잠에서 깨어나는 것이 가장 좋기는 하다. 지금 엄마와 나는 느끼고 있다. 기쁨이라는 것은 아주 작은 것에서부터 시작한다는 것을. 우리는 그 동안 얼마나 많은 기쁨들을 포기하며 살아 왔던가? 익숙하지 않은 즐거움이 가슴에 잔물결을 일으키면 세상은 내가 견디고 있는 것보다 더 나을지도 모른다는 생각이 든다.

"현아, 새 학교는 어때?"

엄마는 의자 위에 무릎을 세우고 앉아 한 손으로 시집을 톡톡 건드리면서 느리게 묻는다. 늦은 밤, 마주 앉아 이야기를 나누는 게 이렇게 포근한 느낌이라니. 우리가 알게 된 새로운 행복. 나는 다리를 까딱까딱하며 대답 대신 되물었다.

"엄마는 새로운 집이 어때?"

"새 인생을 사는 것 같아."

---

\* 원제 「Hedwig and The Angry Inch」. 존 카메론 미첼이 각본, 감독, 주연을 맡은 록 뮤지컬 영화. 독일 출신 남성이 록가수의 꿈을 안고 미국으로 건너와 성전환 수술을 한 뒤 헤드윅이라는 이름으로 대스타가 되면서 겪는 파란만장한 인생 이야기를 담고 있다.

새. 인. 생. 엄마야말로 새 인생을 살고 있다. 그 누구의 인생도 아닌 엄마의 인생. 그리고 아직은 엄마의 인생 속에 내가 있다.

"온통 새로운 것뿐이라, 그거 괜찮은데."

나는 얘기를 더 듣고 싶었다. 충분히 느끼고는 있지만 엄마에게 직접 잘 지내고 있다고, 이제는 정말 행복하다는 말을 듣고 싶었다. 그래야 안심이 될 것 같은 기분.

"대답해 봐. 남녀공학이라 낯설지?"

엄마는 내가 궁금한가 보다.

"아니, 좋아. 아주 신선해."

엄마가 조금도 의심하지 않도록 단호한 투로 말했다.

"정말?"

얼굴에 걱정하는 빛이 스친다.

어떻게 대답해야 할까? 그런데 엄마가 언제부터 저렇게 묻기 시작했지? 마치 정. 말. 이라는 말보다 더 많은 '정말'을 눈으로 묻는 느낌. 때로는 눈으로도 말을 나눌 수 있었으면 좋겠다. 그러면 진짜 속마음을 더 쉽게 알 수 있을 테니까. 정말이냐고 묻지 않아도 될 테니까.

"예쁜 여자 애들도 많아?"

여자, 라는 말을 할 때면 엄마는 유난히 긴장을 한다. 아니, 긴장을 하는 건 내 쪽인가? 별 생각 없다는 듯이, 지나가는 말처럼,

장난 투로 물어 봐 주면 좀 안 돼? 말이 뾰로통하게 나왔다.

"엄마만큼 어여쁜 여자 애는 없으니까 걱정하지 마."

"걱정할 일이나 만들고 그런 소리 해. 그래야 감동하지."

지금 엄마는 너무 진지하다.

"차 좀 더 줘?"

"좋아."

천천히 일어나 찬장 문을 열고 재스민을 꺼냈다. 엄마의 시선이 탁자를 짚는 내 손 어디쯤 머물다가 다시 수그러지는 것이 느껴졌다. 손가락으로 찻잎 몇 알을 톡톡 떨어뜨리고 머그잔 가득 뜨거운 물을 부었다.

"넌 참 자상해."

"적어도 마초*는 아니지."

좋았어! 분위기를 바꿀 적절한 타이밍에 적절한 대사. 결국 엄마는 웃고 말았다. 나도 따라 웃었다. 그러다가 우리는 눈을 마주치며 본격적으로 킥킥 웃었다. 아빠가 없을 때면 엄마와 나는 아빠를 마초라고 불렀다. 그리고 이제는 마초라는 말을 아무 때나 써도 된다. 마초와 한집에 살지 않으니까. 나를 물끄러미 바라보

---

* macho는 스페인 어로 원래 뜻은 '수컷의' '남성의' '활기찬' 이지만 남성적인 것으로 여겨지는 성격 즉, 폭력적이며, 단순 무식하고, 남성 우월적인 면을 가지고 있는 사람을 부정적으로 가리킬 때 쓴다.

는 엄마의 눈이 촉촉이 젖는다.

"왜? 이제 눈물도 남아 있지 않다면서."

"다른 종류의 눈물이야."

"어떤?"

"흐뭇한. 고마운. 너한테 참 미안해."

엄마는 손등으로 아무렇게나 눈물을 닦고 씩 웃었다. 저렇게 눈물을 흘리는 모습을 많이 봐서 그런가, 엄마를 생각하면 가슴부터 아리다. 초등학교 시절 엄마 얼굴을 그릴 때나 더 커서 중학교 때까지 엄마라는 글감으로 글쓰기를 할 때면 가슴이 착 가라앉았다. 나는 그림이나 글 속에 엄마가 드러나지 않도록 꽁꽁 감춰 두었다. 다른 사람에게 보여 주기 위해서 만들어 낸 엄마는 늘 환하게 웃는 얼굴이었고 느닷없이 코믹한 춤을 추거나 노래를 흥얼거리며 요리를 하는 유쾌한 사람이다. 엄마의 실제 모습을 드러내면 엄마가 더 많이 아플 거라는 생각, 그대로 인정해 버리면 더 많이 그래 버릴 거라는 두려움. 고등학생이 된 후로는 그런 그림이나 글을 쓸 일이 없다. 엄마를 더 이상 만들어 내지 않아도 된다는 게 다행이다.

그리고 지금 엄마 옆에 내가 있다. 엄마가 더 이상 울지 않을 때까지 엄마 옆에 있어 주어야겠다는 생각이 든다. 엄마의 손에 가만히 내 손을 얹었다.

"엄마는 좀 더 빨리 이혼했어야 했어."

"그런가? 그래도 네가 결혼하는 것까지는 보려고 했지. 너한테 피해를 주고 싶지 않아서."

엄마가 가만히 웃는다. 그런 생각을 했구나. 내가 피해 입을 일이 뭐가 있다고……

"그러다가 내가 결혼 안 하면 어떻게 하려고 했어?"

그 말에 엄마는 나를 빤히 바라본다. 웃으면서 말했지만 엄마는 웃지 않았다.

"적어도 고등학교 졸업할 때까지는 기다리려고 했어."

고등학교를 졸업하는 것이 지금의 내 목표인데…… 이유야 다르지만 엄마와 나는 똑같은 목표를 가지고 있었구나.

"나도 참고 살았다는 것……"

엄마는 내 말이 끝나기도 전에 힘주어 말했다.

"너도 괴로워한다는 사실을 몰랐던 거지."

"용기가 없었던 거야."

용. 기. 이런 말을 할 자격이 있나? 나만큼 용기가 없는 사람이 어디 있다고?

"그래. 그걸 가르쳐 준 게 너였지. 우리 아들은 참 특별해."

"나도 내가 특별하다고 생각해."

"정말?"

또 저렇게 묻는다. 정. 말. 이냐고.

"지금은 엄마 생각만 해. 행복해질 수 있는 생각만."

자리에서 일어나 방으로 들어왔다. 침대에 벌렁 누워서도 무릎을 세워 의자에 쪼그리고 앉아 두 손으로 찻잔을 꼭 쥐고 있을 엄마의 모습이 눈에 선하다. 아빠는 그러고 앉아 차를 마시는 엄마를 보며 기분이 좋을 때는 한 마리 새 같다는 말을 했다.

"하지만 날개 꺾인 새라는 걸 잊지 마. 아무 데도 못 날아가."

하고는 껄껄 웃었다. 대체 뭐가 웃을 일인지 알 수 없었다. 기분이 나쁠 때는 청승맞다고 고함을 쳤다. 그럴 때면 엄마는 대부분 마시다 만 차를 놔 두고 자리에서 일어섰는데 그 날은 새매 같은 날카로운 눈으로 아빠를 쏘아보았다. 그것이 아빠의 화를 돋우었다. 아빠가 찻잔을 싱크대에 집어 던지고 엄마의 뺨을 후려쳤을 때 피가 빠르게 돌기 시작했다. 몸 속에 펌프가 있어서 정수리 위로 피가 뿜어져 나올 것 같았다. 아빠는 나를 똑바로 쳐다보면서 빈정거렸다.

"남자라면 여자를 이런 식으로 가르쳐야 하는 거야. 이 계집애 같은 놈아!"

아빠가 한 번 더 엄마를 후려치려는 찰나, 한 손은 엄마에게 한 손은 나에게 붙들려 있었다.

"이혼해, 제발! 제발, 이혼해!"

그렇게 소리치며 아빠의 어깨를 벽에 찍어 눌렀다. 지금 생각해
보면 어디에서 그런 힘이 나왔는지 알 수가 없다. 아빠는 나보다
키도 훨씬 크고 덩치도 좋다. 그런데도 나에게 어깨를 붙들려 꼼
짝도 하지 못했다.

"이혼해 줘. 제발! 이혼해 줘. 이 위선덩어리 같은 결혼 생활을
끝장내고 싶다고! 넌덜머리 난다고!"

절규.

그것은 목에서 나온 소리가 아니었다. 사람의 목소리가 아닌 것
같았다. 엄마의 초점 없는 눈동자에서 하염없이 눈물이 흘렀다.
아빠의 몸에서 서서히 힘이 빠지기 시작했다.

"너희들은 몰라, 모른다. 내 마음을. 어쩌면 그렇게도……"

나는 아빠가 말을 마치기도 전에 엄마의 손목을 붙들고 일으켜
세웠다. 엄마는 왜 그러냐고 묻지도 않고 따라나섰다. 우리는 그
날 밤 이모네 집에서 잤다.

"아빠가 쫓아오면 어떻게 해?"

"쳇, 그 인간 지금쯤 샤워하고 잠자리에 들었을 거다. 내일 회
사에 지각하지 않으려고 말이야. 그러니까 퇴근 시간에 맞춰 다른
곳으로 피하면 되는 거야."

그 말을 한 건 이모였다. 순간 왜 웃음이 났는지 모르겠다.

"그래도 현이가 큰 뒤로는 얼굴에 손자국은 안 나네."

"같이 도망칠 동지가 생겨서 어찌나 마음이 든든한지."

이게 칭찬인지 뭔지. 대견하다는 듯이 나를 바라보는 엄마와 이모를 보자 구질구질한 현실이 순간 희극으로 바뀌는 기분. 나도 웃어 버렸다.

아빠가 없으니까 너무 좋다. 그런데 이렇게 좋아해도 되는 걸까? 드라마에서 보면 이혼 가정의 자녀들은 너무나 심각하다. 엄마와 아빠 사이에서 끊임없이 갈등하며 괴로워한다. 자신의 부모가 이혼했다는 사실을 인정하고 싶어 하지 않는다. 엄청난 비밀을 가지게 된 것처럼 움츠러들고 불안해한다. 그런데 지금 나는 아무렇지도 않다. 너무나 덤덤하다. 오히려 나를 긴장시키는 존재 하나가 없어진 것으로 인해 기쁨마저 느끼고 있다. 이래도 되는 것일까? 그래도 아들인데? 아빠는 잘 살겠지?

이사를 오자마자 엄마와 내가 가장 먼저 한 일은 핸드폰 번호를 바꾼 것이었다. 그런데도 자꾸 핸드폰에 눈길이 간다. 그리고 아빠의 존재가 우리에게 꺼져 버린 것처럼 핸드폰도 울리지 않는다.

# 2
## 적응한다는 것


　전학. 그것은 나에게 좋은 일과 나쁜 일이 동시에 일어났음을 말해 준다. 좋은 일이란 나를 알던 사람들을 볼 일이 없어졌다는 것. 나쁜 일이란 새롭게 만난 사람들이 나에 대해서 알게 된다는 것이다. 엄마는 돈이 없기도 했지만 최대한 아빠가 찾을 수 없는 곳으로, 아빠가 숨을 쉬며 존재하는 곳과 가장 먼 곳으로 떠나기를 원했다. 뭐, 그래 봤자 고작 서울의 강남에서 인천으로 이사 온 거지만 거리의 풍경들은 우리가 정말 먼 곳으로 떠나 왔다는 느낌을 준다. 황량하고 쓸쓸한 느낌. 오래 되고 낡아 볼품없는 건물들은 서로 투닥거리며 싸우듯 다닥다닥 늘어서 있고 아스팔트가 깔린 도로 옆으로는 빛깔 없는 여윈 나무들이 늘어서 있다.

태어나서 전학이라는 것을 처음 해 본다. 새로운 학년이 되어도 반이 낯설지 않을 정도로 아는 애들이 많았는데 모두 처음 보는 얼굴들뿐이다. 그것이 오히려 나를 편안하게 해 주고 있다. 전학생에 대한 동경. 그런 게 있었다. 관심의 대상이 된다는 것은 불편한 일이지만 아무도 그 아이에 대해서 모른다는 사실, 단지 그것 때문에 가졌던 부러움이었다. 지금 나를 알고 있는 사람은 아무도 없다. 거기다가 고3이어서 그런지 모두들 지친 기색이다. 다행이다. 쉬는 시간에는 대개 엎드려서 잔다. 가장 고마운 일. 아이들은 그저 나를 힐끔 쳐다볼 뿐 그다지 관심을 보이지 않는다. 최소한 내가 적응할 수 있는 조건은 갖추어진 셈이다. 고등학교를 졸업하는 것. 그것이 지금 나의 목표다. 그러고 나면 대학에 입학할 것이고, 다음 목표는 대학을 졸업하는 것이 되겠지. 국문과에 가고 싶다. 중학교 때부터 쓰기 시작한 시가 공책 네 권 분량이다. 처음에는 즐겁기만 했었는데 솔직히 요즘에는 갈증이 난다고 할까? 커다란 바위가 앞을 막고 있는 기분. 이 바위를 치워야 쳇바퀴 도는 것 같은 나의 시를 더욱 자유롭게 할 것 같다.

대학에 들어가면 많은 것이 달라질 것 같은 기대. 아니, 달라져야 한다는 열망은 때로 나를 다른 사람으로 바꾸기도 한다. 아무것도 문제 될 게 없어. 어차피 끝날 괴로움이라면 얼마든지 당해 줄 용의가 있다. 그런 생각으로 스스로에게 객관적인 거리를 두면 나의 몸에서 스르르 영혼이 빠져나간다. 영혼이 빠져나가면 그렇게 힘들 일도 상처받을 일도 없다. 영혼이 없는 내 몸은 먹지 않아도 허기가 지지 않고 밤잠을 설쳐도 피곤하지 않다. 대학에 들어가기 위해, 새로운 인생을 맞기 위해 기절 직전까지 참고서에 매달리고 그러다가 침대에 쓰러지면 뿌듯한 웃음마저 나곤 한다. 영혼이 떠나 있는 몸은 유령처럼 말하고 웃고 떠든다. 그러다가 불쑥 영혼이 몸 속에 들어오면 단박에 피곤해지고 배가 고파진다. 신경이 곤두서고 머릿속으로는 끊임없이 판단하며 가슴은 쉽게 놀라고 상처받는다. 살아 있다, 라는 느낌은 나를 완전히 다른 사람으로 만들어 버리곤 하는 것이다. 영혼이 있는 몸과 영혼이 없는 몸. 둘 다 나다. 영혼은 의심한다. 무엇이 달라지겠느냐고. 몸은 영혼과 싸운다. 몸은 살고 싶어 한다.

팔을 엇갈려 어깨에 손을 얹었다. 신경을 둔감하게 만들 때 하는 버릇. 학교에서 지내야 하는 시간 아홉 시간. 그나마 자율 학습을 하지 않는 것이 다행이다. 전에 있던 학교에서는 밤 열한 시까지 자율 학습을 했으므로 열네 시간을 아이들 속에서 지내야 했다. 아이들은 밤 열두 시가 다 되어서야 집으로 갔고 그러고 나서도 새벽에 개인 과외를 받는 애들이 많았다. 모두들 치열했다. 무엇을 위한 치열함이었던가? 사회적으로 불이익을 당하지 않으려면 치열해질 수밖에 없었다. 나도 그 분위기 속에서 영혼을 다독이며 치열해지고자 했다. 하지만 영혼은 불쑥불쑥 튀어나와 나를 바라보며 희죽거린다. 똑같은 교복을 입고 똑같은 머리 모양을 하고 똑같은 책상에 앉아 있어도 나는 너를 찾아 낼 수 있어. 너는 느낌이 다르거든, 하면서 천연덕스럽게 웃는다. 아무도 나를 몰라. 다 처음 보는 사람들뿐인 걸. 그런 생각으로 마음을 추스르며 영혼에 고개를 돌리는 나.

'잠이라도 오면 얼마나 좋을까?'

억지로 엎드려 있으려니 허리만 아프다.

'잠이라도 들면 큰일이야.'

의식하지 못하는 사이에 아이들의 시선을 끌 수도 있으니까. 점심 시간이면 이러지도 저러지도 못하다가 차라리 문제집을 펼쳐 놓고 수학 문제를 푼다. 잠깐잠깐 다른 생각이 나면 중얼거린다. 수리영역 Ⅰ 80점. 그러면 다음 문제를 풀 의지가 생긴다. 최대한 고개를 들지 않는다. 어서 수업 종이 쳐 주기를 바라는 마음으로 문제집에 코를 박는다. 간간히 코 고는 소리도 들리고 운동장에서 축구며 농구 같은 것을 하며 지르는 괴성, 여자 애들 서넛이 몰려서 떠드는 소리, 깔깔대는 웃음소리도 들린다. 거기에 내 한숨 소리가 섞인다. 문제집을 덮고 일어섰다. 눈을 내리깔고 천천히 교실 밖으로 나가는데 뜨개질하는 여자 애가 보였다. 낯선 풍경. 책상에 엎드려 자고 있는 아이들도 있다.

그. 리. 고. 창가 쪽 맨 끝자리. 저 아이의 이름을 알고 있다. 정상요. 오늘도 역시 무지개 색깔* 쿠션에 얼굴을 파묻은 채 곤한 잠에 빠져 있다. 머리카락 사이로 보이는 노랑, 초록, 귓불 아래 파랑, 보라. 상요라는 이름을 가진 아이를 한 번도 본 적이 없다. 하긴 무지개 색깔 쿠션도 본 적이 없는 것 같다. 그래서 이 아이가 눈에 띄는 걸까? 매점에 들러 녹차를 한 병 샀다. 계단을 하나하나 세며 천천히 교실로 들어와 창가로 갔다. 상요는 여전히 미동이 없다. 쿠션을 제대로 볼 수 있다면 남색도 있겠지. 빨주노초파보. 그런 무지갯빛은 없으니까.

운동장에는 아이들이 공을 따라 이리저리 몰려다니고 있다. 축구는 정말 싫다. 중학교를 졸업하면서 축구도 졸업했다. 아이들과 어울리기 위해 기를 쓰고 축구를 했던 적이 있다. 입 안으로 들어오는 매캐한 먼지, 목덜미를 적시는 땀, 불쾌하게 두근거리는 심장 박동. 애를 쓸수록 헛발질은 늘어만 갔다. 아이들이 더 이상 같은 팀에 끼워 주기를 거부할 때까지 내 입으로 축구를 안 한다는 소리를 하지 않았다. 왜 그렇게 오기를 부렸을까? 어디를 가나 남

---

* 1978년 길버트 베이커에 의해 동성애자를 상징하는 무지개 깃발이 만들어진다. 처음에는 남색도 함께 고안되었으나 퍼레이드를 하면서 좌우 대칭의 미관을 고려해 남색이 빠진다. 각각의 색깔은 상징하는 바가 있는데 빨강은 삶, 주황은 치유, 노랑은 태양, 초록은 자연, 파랑은 예술, 보라는 영혼이며, 빠진 남색은 조화이다.

자 애들은 운동에 몰두한다.

창가에 기대어서 이런저런 생각을 하고 있는데 여진이가 다가왔다. 전학 온 첫날 체육관에 데려다 준 서글서글한 아이다. 확실히 남고와는 다른 분위기. 여자 애들이 남자 애들의 성향을 덜어서 받았다고 해야 할까, 남자 애들이 여자 애들의 성향을 덜어서 받았다고 해야 할까? 씩씩한 여자 애들이 많은 반면 거친 남자 애들도 별로 없다.

"요번 주 일요일에 뭐 하니?"

여진이 물었다. 이 애도 마찬가지로 전혀 여자답지 못한 아이다. 여자답다. 하긴, 그건 남자들이 만들어 낸 말이다. 아니, 어른들이 만들어 낸 말일까? 아니면 공자로까지 거슬러 올라가야 하나?

그런데 대뜸, 뭐 하냐니?

"과외하나? 너 공부 잘한다며."

"공부 못해."

그렇게 말하고 다시 창 밖으로 고개를 돌렸다. 반에는 꼭 여진이 같은 애가 있다. 정의감에 불타는. 친구도 없이 혼자 쓸쓸히 지내는 애들에게 다가가 선심 쓰듯 놀아 주는 아이들이 있는 것이다. 그런 애들일수록 여리고 착해서 자꾸 마음이 기울어지는 것도 사실이다. 나는 여진이가 그런 성격 때문에 전학생에게 친절한 것이라고 생각하고 싶다. 그런데 이런 눈동자라면 좀 곤란하다.

"너 얼굴 진짜 하얗다. 그거 알아?"

목소리가 한 옥타브 올라가 있는 것도 마음에 안 든다.

"알아."

고개를 돌리지 않은 채로 말했다.

"피부 관리하니?"

미치겠군. '꺼져'라는 눈빛으로 쳐다봤다.

"그러니까 돌아보네. 농담이야, 농담."

그때였다.

"여진아, 대충해라. 너무 속 보인다."

소리 나는 쪽으로 고개를 돌리니 서너 명의 여자 애들이 이쪽을 바라보고 있다. 그 중 한 명이 두 팔을 머리 위로 들어 하트를 그려 보였다.

"지금 뭐 하는 거야?"

자꾸만 움츠러드는 어깨를 의식적으로 펴 보이며 목소리에 힘을 주었다.

"네 팬클럽이잖아."

"뭐라고?"

여진이는 내 팔을 살짝 잡아당기며 말했다.

"일요일에 같이 영화 보러 가자. 적당한 휴식이 필요해. 물론 너한테는 충분한 영양 섭취도 필요하겠지만. 너, 너무 말랐어."

"……"

"남자 애들도 갈 거야. 짝 맞춰서 놀자는 건 아니니까. 뭐, 우리가 노는 애들은 아니니까 걱정 마. 곧 있으면 시험인데, 스트레스 풀고 시작해야지."

애교스런 말투도 거슬린다.

어떻게 할까? 반 아이들과 한 마디도 나누지 않고 남은 학기를 보내기란 불가능한 일일 것이다. 거절할 방법이 딱히 떠오르는 것도 아니었다. 얼굴이 딱딱하게 굳어 왔다. 차라리 석고상이 되어 입이 떨어지지 않았으면 좋겠다는 생각이 들었다.

"인천 구경 시켜 줄게."

"서울 구경 시켜 주겠다는 소리 같다."

말이 퉁명하게 나왔다.

"어머, 그러게."

내 기분은 아랑곳 않고 여진이는 배를 잡고 웃어 댔다.

"야, 이여진. 대충해라."

굵은 남자 목소리.

'나를 좀 내버려 둬.'

목소리가 휘파람을 부르며 다가왔다.

"뭐가 그렇게 어려워?"

체대라도 가려는 애인가 싶게 큰 키에 어깨가 떡 벌어진 남자 애였다.

"얘는 민규. 함께 갈 거야."

"같이 가자."

민규라는 애는 말은 그렇게 하고 있었지만 뭐가 불만인지 뚱한 표정이었다.

"알았어."

"어머, 뭐야? 민규가 말하니까 바로네. 남자가 더 좋다는 거야, 뭐야?"

그 말에 귓불이 훅 달아올랐다. 얼른 손으로 귀를 가렸다.

"네가 무섭게 구니까 그렇지."

민규라는 애가 말했다.

"야, 내가 언제 그랬어?"

"네가 맘에 안 드는데 영화 보러 가자고 하니까 스토킹이라도 당할까 봐 그러는 거 아니야. 야, 스토킹이 무섭지, 그럼 안 무섭냐?"

"하긴 현이 정도면 스토킹 한 번쯤은 당해 봤을 것 같기도 해. 완전 순정 만화 속에서 툭."

여진이는 얼른 입을 가리고는 민규 눈치를 살폈다.

"기분 나빴어?"

둘이 뭐 하는 거야?

"몰라, 계집애야."

바보가 된 기분.

연습장을 꺼내 한 장을 북 찢었다.


### 진정한 조화


**선인들은 말했다**

**여자와 남자의 만남은 음과 양의 조화라고**

**하지만 누가 여자더러 음이라 했으며 남자더러 양이라 했는가?**

**이 세상의 수많은 여자들의 물질을 분석이라도 했다는 말인가?**

**이 세상의 수많은 남자들의 기운을 측정이라도 했다는 말인가?**

**밝음이 있으면 어두움이 있다**

**하지만 밝음은 또 다른 밝음으로 어두워질 수 있으며**

**어두움은 또 다른 어두움으로 밝아질 수 있다**

**이 또한 조화가 아니고 무엇인가?**

**여자와 남자의 만남이 조화라면 이 땅에 그 수많은 조화들이 빠른 속도로 서로를 미워하며 갈라서는 이유는 무엇인가?**


종이를 쪽지 모양으로 접어서 호주머니에 넣었다. 집에 가면 공책에 베껴 두어야겠다고 생각했다. 하지만 결국 내 소심증에 다시 꺼내서 잘게 찢은 뒤 쓰레기통에 버렸다. 이렇게 버려진 시들이 얼마나 많은지 모르겠다. 아깝지만 마음이 편한 쪽이 낫다.

영화를 보러 가기 전날. 잠이 안 와서 결국 수면제를 먹었다. 초등학교를 졸업한 후 여자 애들과 어울려 보기는 처음이다. 뭐, 단지 여자들과 어울린다는 것 때문에 긴장이 되는 것은 아니다. 여자 남자를 떠나서 아이들과 어울리는 일, 그것이 내게는 어색하고 어렵다. 한 알로는 안 될 것 같아 두 알을 먹었다. 길거리를 걷다가 약국이 보이면 습관적으로 사 모은 수면제가 여러 통에 가득 담겨 있다.

"엄마 심부름인데요, 수면제 두 알만 주세요."

그렇게만 말하면 된다. 절대 세 알을 사서는 안 된다. 단 두 알만. 그래야 의심을 하지 않는다.

엄마는 친구들과 함께 영화를 보러 가기로 했다는 말에 반색을 하며 용돈도 두둑이 넣어 주었다.

"네가 변하는 모습이 보기 좋아."

내가 변해야 하나?

멀뚱한 눈으로 엄마를 바라봤다.

"여자 애들하고 놀러를 가고 말이야."

"남자 애들도 있어."

"어쨌든 괜찮은 애 있으면 하나 건져."

"물고기야 건지게?"

"이렇게 준수한 외모에 유머 감각까지 갖췄는데 여자 애들이 좋아할 수밖에 없지. 공학에 가길 정말 잘한 것 같아. 그 동안 남자 학교만 다녀서 네가 여자 친구가 없었던 거야. 부족한 게 하나도 없잖아."

부족하다. 부족한 거. 사람들은 모두 조금씩은 부족하지 않나?

물론 여자 친구가 있는 남자 애들이 더 많기는 하다. 전에 다니던 학교 옆에 여학교가 있었던 때문인지 아이들은 진심으로든 장난으로든 한 번씩은 여자들을 사귀었다. 화이트데이에는 사탕 바구니를 들고 온 아이들이 많았다. 화이트데이 전날 부모님이 아시면 혼이 난다며 예쁘게 포장된 바구니를 부탁한 아이가 있었다. 책상 옆에 놓아 둔 바구니를 본 엄마는 놀라워했다.

"누구야, 누구? 드디어 여자 친구가 생긴 거니?"

"친구 거 맡아 주는 건데."

낙담하던 얼굴.

엄마는 그런 것이 부족하다고 생각하는 걸까? 아무튼 엄마가 활짝 웃는 모습을 보니 아이들과 약속하기를 잘했다는 생각이 들었다.

뭐, 영화는 그럭저럭 볼 만했다. 억울한 누명을 쓰고 도망가다가 사건에 휘말려 때리고 부수고 죽을 고비를 넘기고, 우여곡절 끝에 누명을 벗고 영웅으로 귀환. 그런데 제목이 뭐였더라? 그리 나쁘지 않다고 생각하며 봤는데 영화관을 나오니 제목도 머릿속에서 쏙 빠져 버렸다.

여진이가 말한 것처럼 노는 애들도 아니었다. 영화를 보고 나서 건전하게 찻집에 가서 음료수를 마셨으니까.

"현이는 녹차지?"

"어떻게 알았어?"

"관심이 많으면 다 알게 돼."

그 말을 한 건 여진이가 아니라 다른 여자 애였다. 머리 위로 하트를 그렸던 애인가? 학교에서는 교복에 이름이 오버로크 되어 있으니까 누가 누군지 신경 쓸 일도 없었는데, 이렇게 사복을 입고 앉아 있으니 당황스럽다. 한 꺼풀 벗어 버린 느낌이라고 해야 할까?

"할리우드 영화는 뻔해도 재밌지 않냐?"

"화끈하잖아."

"머리가 뻥 뚫린다, 뚫려."

"이미 뚫려 있던 머리 아니었어?"

"이 자식이. 네 머린 줄 알아?"

허튼 농담. 실없는 웃음들.

머리를 길게 땋아 내린 누나가 일일이 확인을 하며 차를 내려놓는다.

"녹차부터 주세요."

여진이.

시선 둘 곳이 있어서 다행이다. 투명한 컵에 담긴 노란 녹차를 앞으로 끌어당기며 눈을 내리깔았다. 아메리칸 커피, 아이스크림, 우유, 파르페, 콜라 하나하나가 각자의 자리 앞에 놓였다. 티백을 빼려는데 여진이가 얼른 자기 찻잔을 옆에 놓아 준다.

"여기다 놔. 그래야 찻잔에 녹차 물이 젖지 않지."

"작작 하자."

민규.

"둘 다 티 좀 그만 내."

"분위기 이상해진다."

아이들은 투덜거리며 여진이와 민규, 그리고 나를 번갈아 바라보았다.

"근데 너 말투가 원래 그래?"

도전적인 눈빛의 민규.

"생긴 거랑 비슷하다."

기어코 빈정거린다.

"그게 현이 매력이잖아. 나는 저렇게 다정하게 말하는 애가 좋더라."

"너희도 좀 배워라."

"……"

"꼭 호모 새끼 같잖아."

민규로부터 시작된 희미한 웃음소리가 다른 남자 애들한테로 번진다.

"무슨 말을 그렇게 하니? 너무한다!"

"호모는 너무했다."

"완전 인격 모독이야. 박민규, 너 사과해!"

여진이, 그리고 파르페랑 우유를 먹는 여자 애들이 화를 내며 말한다.

시끄럽다. 내 귀가 닫히고 있다.

정말 할 말 없다. 입이 닫히고 있다.

내가 왜 이 자리에 있는 것인가? 마음이 닫히고 있다.

예전 같으면 그냥 웃어 버렸을 수도 있다. 실제로 그랬다. 오히려 더 간드러지는 목소리로 아이들을 웃기고는 착잡한 마음을 뒤로 감췄다. 하지만 내가 무슨 부귀영화를 누린다고 그래야 하지? 요즘에는 그래! 나 호모 새끼다. 어쩔래? 하고 소리쳐 주고 싶다.

자리에서 일어섰다.

"야, 화 많이 났어? 농담이잖아."

여자 애들의 비난 때문인지 민규는 한풀 꺾인 목소리로 말했다.

"늦어서 그만 갈게."

'잡지 마. 제발 나를 내버려 둬.'

서둘러 밖으로 나왔다.

"어떻게 좀 해 봐."

"남자 새끼가 뭐 저래?"

"얼마나 기분이 나빴으면 그러겠어?"

아이들의 말소리가, 아이들의 시선이, 등 뒤에 꽂힌다. 힘겹게 계단을 내려서는데 여진이가 따라왔다.

'내버려 두라니까!'

여진이는 기어코 나를 붙들어 세웠다.

"기분 풀어. 사실은 민규가 나 좋아하는데, 내가 너를……"

'상관없어! 모르겠니?'

"꺼져!"

그렇게 소리치고 도망치듯 뛰었다. 얼마를 그렇게 뛰었을까? 땀이 목덜미를 축축하게 적셔 왔다. 숨이 턱에 차오르기 시작한다. 이렇게 숨이 막히면 죽을 수도 있을까? 그런 생각에 뛰고 또 뛰었다. 결국에는 다리가 풀려 그 자리에 주저앉고 말았다. 숨이 쉬어지지 않아 천식 환자처럼 목젖을 거들먹거렸다. 기다란 숨을 토해 내고 나서야 차가운 콘크리트 바닥에서 올라오는 냉기가 느껴졌다. 손바닥을 바닥에 대었다. 사람들이 쳐다보거나 말거나 두 다리도 쭉 폈다. 지금이 한겨울이면 얼어 죽을 수도 있을 텐데. 아, 생각해 보니 요즘에는 온난화라 얼어 죽을 정도는 아니겠다. 이 시점에서 지구 온난화를 탓해야 하나? 픽 웃음이 나왔다. 한 손으로 땅을 짚고 힘겹게 일어섰다. 다리가 후들거려 잘 걸어지지 않는다. 엉거주춤한 자세로 한 걸음 한 걸음 천천히 내디뎠다. 거리는 혼잡해져 있었다. 여기가 어디쯤일까? 멈추어 서서 주위를 둘러보는데 뒤에서 오던 사람이 어깨를 치며 인상을 쓴다. 나도 지지 않고 똑바로 쳐다봐 주었다. 그러다가 뒤에 오던 사람에게 또 어깨가 꺾였다. 몸에 힘을 주었다.

"학생, 뭐 하는 거야? 복잡해 죽겠는데."

아주머니 한 분이 신경질을 내며 거친 손으로 어깨를 밀친다. 나는 아주머니가 민 것보다 더 많이 밀려 인파 속을 벗어났다. 모두들 바쁘게 이리저리 오고 간다. 갈 곳을 분명하게 알고 있는 사람들. 길을 걷다가 문득 멈추어 서 버리는 건, 지금 있는 곳이 어디인지 도무지 알지 못하는 건 나뿐이다. 저 많은 사람들 틈에 섞여 함께 걸을 자신이 없다. 길은 끝도 없이 이어져 있고 사람들은 어디에서 몸을 쉬어야 하는지 알고 있겠지. 나에게도 쉴 곳이 있을까? 나를 그저 나로 바라봐 주는 곳, 그런 곳이 있다면 끝없이 이어져 있는 사막 같은 길이라도 희망을 가지고 걸어 줄 생각이 있다. 그러나 나에게는 길이 없다는 느낌. 길이 없으므로 쉴 곳도 없다는 생각이 든다.

# 3
## 나에게 부족한 것

새 집으로 이사 온 후 엄마는 점차 살아나기 시작했다.

"왔어? 벨 누르지."

노래를 흥얼거리느라 문 여는 소리도 못 들었나 보다. 토각토각 칼질하는 소리가 노랫가락에 장단을 맞추는 듯하다. 이것도 엄마 속에 숨겨져 있던 또 다른 엄마의 모습. 새로운 엄마의 모습을 보는 것이 즐겁다. 하지만 아직도 엄마에게는 시간이 필요한 듯하다. 이사 온 지 한 달이 지났는데도 여전히 온갖 소리들에 민감하다. 전화벨 소리에도 현관벨 소리에도 깜짝깜짝 놀라곤 한다.

"올 사람이 없는데."

그렇게 말하는 엄마의 눈동자에는 언뜻 두려움이 스치곤 한다.

엄마에게 전화 걸 일이 있으면 집에 있는 것을 알아도 핸드폰으로, 현관문을 열 때는 열쇠로, 소리를 차단시키는 일은 내가 엄마한테 하는 최소한의 배려. 이 배려도 필요 없을 즈음에 엄마는 더 행복해져 있겠지.

엄마는 내가 부엌에 들어서는 것도 모르고 요리에 열심이다. 우두커니 서서 그런 엄마를 바라보았다. 사람의 뒷모습은 많은 이야기를 한다. 뒷모습은 눈도 없고 입도 없으니까 표정을 지어 보일 수도 거짓말을 할 수도 없다. 그래서 더욱 진실하다는 생각. 예전에는 엄마가 저렇게 부엌에서 일을 하고 있을 때면 왠지 모를 답답함이 가슴을 치고 올라왔다. 어깨선은 여전히 앙상해서 소녀 같은 모습을 하고 있지만 지금의 뒷모습은 덜 쓸쓸해 보인다.

"이 밤에 웬 요리야?"

놀라지 않게 어깨에 가만히 손을 얹었다.

엄마는 흐흥 하더니 앞치마에 손을 닦고 앉으라는 시늉을 했다. 이혼하고 난 뒤 머리를 짧게 잘라서 그런지 더 젊어 보인다. 엄마는 늘 단발이었다. 순전히 아빠의 취향 때문.

여자다움을 강조하던 아빠. 그래서 아빠는 남자다움을 과시하느라 엄마에게 그렇게 대했던가? 엄마는 분명 여자고, 아빠는 남자다. 하지만 엄마는 여자이기 전에 하나의 사람이라는 걸, 세상에 단 하나뿐인 아주 특별한 사람이라는 걸 아빠는 왜 몰랐을까?

지금의 엄마 모습이 더 엄마 같다. 그건 엄마가 자신이 선택한 삶을 누리고 있기 때문일 것이다.

"내일은 꼭 아침 먹고 가. 된장찌개 끓이는 중이야."

자정이 다 되어 가는 시간이어서 그런지 지쳐 보인다. 그래도 눈은 웃고 있다.

"나보다 먼저 출근하면서 일찍 자지, 뭘 그런 걸 끓여?"

나는 지금 엄마와 이렇게 함께 있다는 것만으로도 좋아. 언제까지 우리 이렇게 다정하게 지낼 수 있을까? 나만 잘하면 되겠지? 그런 생각이 드니 가슴이 텅 비어 버리는 것 같다.

"그러니까 성의를 봐서 먹어 줘. 해 줄 수 있는 게 아침 식사뿐인 것 같아서 그래."

"또 있는데."

불쑥 말을 꺼냈다. 엄마에게 나 말고 다른 누군가가 있었으면 좋겠다는 생각. 그러면 엄마에게 덜 미안할 것 같다. 엄마가 관심 갖고 기대하고 사랑할 그 누군가가 있다면 나에 대한 기대도 적어지지 않을까? 덜 실망스럽지 않을까? 그래서 덜 가슴 아프지 않을까?

"뭐?"

엄마는 어서 말하라는 눈빛이다.

"남자 친구 사귀어 보는 게 어때?"

36

그럴 줄 알았지만 엄마의 반응은 더 컸다. 내가 말을 마치자마 자 고개를 설레설레 흔들며 손까지 내젓는다.

"끔찍하다 애."

"애인 말고 그냥 친구 말이야. 친구가 애인으로 발전하면 더 좋 겠지만."

'엄마, 한번 심각하게 생각해 줘.'

"하긴, 남자에 대한 편견을 버리려면 다른 사람도 사귀고 그래 야 할 텐데 말이야."

살짝 웃었는데도 눈가에 깊은 주름이 잡힌다. 얼굴에 표정을 잡 으니 그제야 제 나이로 보인다.

"엄마, 젊어 보여."

"어쨌든 너만 한 아들이 있다고 하면 놀라기는 해."

"그거야 엄마가 결혼을 일찍 했으니까 그렇지."

얼굴에 그늘이 드리워진다. 결혼을 할 수밖에 없었던 그 끔찍한 시간들로 기억이 거슬러 올라가는 걸까? 언제쯤 상처가 아물 수 있을까? 엄마는 스물셋에 나를 가졌고 스물넷에 낳았다. 아빠는 목표 의식이 뚜렷한 사람이었다. 자신이 정한 목표를 이루기 위해 서는 수단과 방법을 가리지 않는. 대학 시절 엄마는 인기가 많았 다고 한다. 그것이 목표 의식을 더욱 고취시켰을까? 자신에게 눈 길 한 번 주지 않는 엄마에게 가장 치명타를 날리는 전술을 쓴 비열한 아빠. 강제로 꽂은 깃발을 더욱 견고하게 해 준 건 이 사회의 윤리 의식, 그리고 엄마를 배신한 몸 즉, 나였다.

"마초 생각해?"

"아니, 돌아가신 우리 아버지. 외할아버지 말이야. 순전히 아버지의 기대를 저버리지 않기 위해서 결혼했던 거니까."

"외할아버지도 마초였어."

"네 아빠를 마음에 들어 했어."

"그런 짓을 했는데도 말이지?"

"그러게 말이다."

"마초는 마초끼리 통하겠지 뭐."

엄마는 씁쓸하게 웃었다.

"이제는 아이들하고 꽤 친해졌겠다."

또 그 소리. 내가 언제 아이들하고 꽤 친하게 지낸 적이 있다고.

"놀러 갔다 온 후로 안 친해졌어?"

"으응, 그렇지 뭐."

"……"

"나 고3이야."

"알지, 우리 아들 이제 곧 성인이 된다는 거."

"그게 아니라 놀러 보내 놓고 좋아하고, 친구하고 친하게 지내라는 건 엄마뿐일 거야."

"공부야 네가 알아서 하니까 내가 뭐 잔소리할 일이 있니? 잔소리한다고 공부가 되는 게 아니라는 거 정도는 알고 있고. 너한테 필요한 건, 뭐랄까……"

엄마는 눈을 감더니 손가락으로 눈두덩을 꾹꾹 누른다. 어떤 말을 해야 할지 고민하는 것이다. 마치 정답이 있는 스무 고개를 하는 것처럼. 상대방이 정답을 맞힐까 봐 일부러 헷갈리게 힌트를 주려고 애쓰는 모습. 잠깐의 침묵이 견디기 힘들어 먼저 말해 버렸다.

"여자한테 관심 가지라는 거지?"

엄마는 천천히 손을 내렸다. 눈동자 속에 있는 떨림.

"엄마한테는 관심 많아. 엄마도 여자잖아."

"그러다가 너무 연상한테 반해 버릴까 걱정돼서."

입은 웃고 있는데 눈은 표정이 없다.

"여진이라는 애가 잘해 줘."

그 눈이 허튼 소리를 하게 만들었다.

"이름이 여진이야? 예쁘네. 너도 잘해 줘?"

"나야 뭐, 걔는 원래 이 사람 저 사람한테 다 잘해 줘. 나한테만 특별히 그러는 건 아니고."

"언제 한번 데려와."

"인기가 많은 애라 그러면 질투할 애들이 많아서 안 돼."

"그럼, 몽땅 데려오지 뭐."

"요리도 못 하면서."

"시켜 주는 건 잘 하잖아."

"다들 공부하느라고 바빠."

이쯤에서 마무리.

"나도 공부하느라고 바빠야 하니까 이만."

방으로 들어왔다. 그나마 내가 가장 편한 곳.


아이들과 함께 영화를 보고 온 뒤 여진이는 할 말이 있다는 얼굴로 내 주위를 서성거렸다. 그 즈음 책상 서랍 속에 들어 있곤 하던 초콜릿이며 편지, 한지로 예쁘게 포장된 CD. 그것들을 한곳으로 밀쳐 놓고 교과서를 넣었다. 그런데 초콜릿이 하나 둘 쌓이기 시작하자 교과서를 넣어 둘 자리가 없어졌다.

'고개를 들어서는 안 돼.'

이것을 넣어 둔 아이가 지금 나를 지켜보고 있을 것이다. 초콜릿을 하나 꺼냈다. 그때 마침 지나가던 여자 애 하나가 그러는 내 모습을 보고야 말았다.

"어머나, 초콜릿이네."

목소리는 또 어찌나 크던지.

"거기다가 하트 모양이야!"

"너 먹어."

다른 아이들이 관심을 갖기 전에 재빨리 줘 버렸다.

"정말 그래도 돼?"

"빨리 사라져."

"아무튼 고맙다."

'그거 먹고 더 뚱뚱해져라.'

1교시가 끝난 후 여진이가 복도로 날 불러 내었다. 잔뜩 삐친 얼굴이었다.

"너무해!"

'역시 너였군.'

"초콜릿은 그렇다 치고…… 편지도 그렇다 치고…… CD 포장이라도 풀어 봐야 하는 거 아니야?"

"우리 집에 CD 플레이어 없어."

가볍게 무시했다.

교실로 들어와 책상 서랍 속에 든 초콜릿이며 편지, CD를 모조리 꺼내 여진이에게 돌려 주었다. 너무 심했나, 싶은 생각이 들기도 했지만 마음을 받아 줄 수 없다면 조금의 희망도 갖게 해서는 안 된다는 생각, 그것이 나의 최소한의 배려라는 생각을 했다.

여진이는 수업에도 들어오지 않았다.

"양호실에 좀 가 보지 그래?"

여진이의 친구, 파르페를 먹었던 애인가?

"넌 걱정도 안 되니? 다 너 때문인데?"

"내가 왜 그래야 하는데?"

의식적으로 정이 뚝뚝 떨어지게 말했다.

"넌 뭐가 그렇게 잘났니?"

파르페는 싸울 태세다.

"잘나서 그런 게 아니야. 오히려 그 반대지."

아뿔싸, 순간 영혼의 목소리가 튀어나왔다. 잔뜩 풀이 죽어 있는 우울한 목소리에 파르페는 전의를 상실하고 돌아서 갔다.

그 후로 여진이는 선물을 하거나 말을 붙이는 대신 나를 멍하니 바라보는 시간이 늘어 갔다. 특히 수업 시간이면 여진의 눈빛이 내 오른쪽 뺨을 물감으로 두껍게 덧칠하고 있는 느낌, 책상에 올려진 한쪽 팔에 깁스를 입히는 기분이다. 견디지 못하고 고개를 돌리면 채 눈빛이 부딪히기도 전에 서둘러 시선을 거둔다. 여진아, 그러지 마. 글씨를 쓰듯 천천히 마음속으로 말을 하고 고개를 돌린다. 일 초, 이 초, 삼 초, 사 초, 오 초. 어김없다. 오 초를 넘기지 못하고 다시 눈길을 보낸다.

초등학교 때도 저런 애가 있었다. 수업 시간이면 줄기차게 나만을 바라보던.

"너, 나 쳐다봤지?"

그때는 참 어렸다.

"나 쳐다보지 마. 기분 나빠."

끝까지 아니라고 부인하던 그 애는 그러고도 한동안 내게서 시선을 뗄 줄 모르더니 급기야 집 앞까지 쫓아왔다. 어디에서 그런 용기가 났을까?

"꺼져!"

이 한 마디에 왈칵 눈물을 쏟을 거였으면서. 울면서 비탈길을 뛰어 내려가던 뒷모습이 아직도 기억 속에 있다.

다행히 여진이는 씩씩했다.

언제 그랬나 싶게 다시 생글거리면서 내 주위를 맴돌기 시작한 것이다. 잔뜩 긴장해 있던 건 오히려 내 쪽이었다.

"이제 더 이상 신경 쓸 일 없을 거야. 고맙지?"

"내가 고마워해야 하는 거니?"

여진이는 좋아 보였다.

"내가…… 싫지는 않은 거지?"

"이상한 행동만 하지 않으면……"

"이제 너한테 거절당할 행동 같은 거 하지 않을 거야. ……왜냐면 그러면 내가 너무 불쌍하니까…… 나같이 괜찮은 애가 불쌍하면 이 세상에 안 불쌍할 사람 하나도 없는 거거든."

여진이는 웃으면서 말했다. 눈동자에 잔뜩 물기를 머금은 채로.

'그래, 그렇게 강해지도록 해. 네 사랑은 온전히 네 몫으로만 남겨질 테니까. 상처받지 않도록 강해져.'

나는 그 CD가 어떤 가수의 무슨 노래였는지 묻고 싶은 걸 꾹 참았다. 여진이는 쪽지를 하나 주고 갔다.

내 방식대로 널 대한 것 같아. 그 동안의 일은 잊어 줘. 앞으로 산뜻하게 지내자!

픽, 웃음이 나왔다. 내. 방. 식. 대. 로. 사람들은 그것을 모른다. 저마다 각자의 방식이 있다는 것을. 어쨌거나 여진이가 스스럼없이 나를 대하기 시작하면서 자칭 팬클럽이라던 애들도 거리를 두기 시작했다. 어쩌다 눈이 마주치면 어색하게 웃다가 그나마 관둬버린다. 나는 애들하고 눈이 마주쳐도 절대 웃지 않으니까. 차라리 나를 만만하게 보지 않는 것이 지내기에는 더 편하다는 것을 알고 있다. 그 애들도 이제는 느낄 것이다. 내가 혼자 지내는 데 이골이 난 애라는 것을. 방어 본능이 몸에 배어 버린 아주 까탈스러운 애라는 것을. 그래, 제발 그렇게만 생각해 다오.

교실에서 나는 혼자다. 어차피 사람은 혼자 태어나서 혼자 죽는다. 쌍둥이조차 혼자 태어나고 동반 자살을 하는 사람들조차 숨이 끊어지는 시간은 다르다. 홀로 태어나서 홀로 죽으므로 태어남과 죽음에 대한 절대 고독을 견디기 위해 사는 동안에 무수히 많은 사람과 관계를 맺는지도 모르겠다. 친구를 갖기 위해 웃기지도 않는데 웃고 쓸데없는 말을 지껄이고 허튼 행동을 하던 때도 있었다. 연극을 하는 것처럼 딴 사람으로 살던 때가. 배우야 시간이 지나 무대의 막이 내려지면 자신으로 돌아올 수 있다. 인생이 무대라면 죽은 다음에야 막이 내려지므로 평생 동안 다른 사람으로 살아야 한다. 끔찍한 일. 친구가 있어도 외로움의 무게는 덜어지지 않았다. 아니, 스스로를 감출수록 자신에 대한 혐오만 늘어갔던 시절. 내가 나 자신을 부정한다면 과연 내 인생이 존재할 가치가 있는가? 엄마에게 이혼이 하나의 시점이었다면 나에게는 전학이 그렇다. 관계 맺음으로 더욱 하찮아지는 나를 관계 맺지 않음으로 돌보아 주기로 했다고 해야 할까?

그러니까 여진아, 그러지 마.


### 가슴 아픈 사랑


**사람이 사람을 사랑하는 일보다 더 아름다운 것이 있을까?**
**여자가 남자를 바라보며 애틋한 시선을 준다**
**남자는 여자의 시선을 느끼고 있지만 돌아볼 수 없다**
**사람들은 남자에게 매몰차다고 욕을 한다**
**사랑이 받아들여지지 않는 것은 가슴 아픈 일**
**남자가 남자를 바라보며 설레는 마음을 감추지 못한다**

**남자는 남자의 시선을 느끼고 있지만 돌아볼 수 없다**

**돌아보면 둘 모두 돌팔매질을 당할 거라는 사실을 알고 있기 때문에**

**사랑을 받아들일 수 없는 건 가슴 아픈 일**


혼자가 된 기분을 더욱 즐기기 위해 영화 「시카고」*의 OST를 틀었다. 혼자 있을 때 듣기 좋은 노래로 이만한 것이 없는 것 같다. 벨마와 록시 그리고 빌리의 춤과 노래가 멋졌던 영화였다. 화려한 춤도 볼 만했지만 배우들의 노래는 정말 끝내줬다. 팡 식스 스퀴시 아아 시슬로 립시스. 영화의 내용을 축약하고 있는 이 단어들은 그것 자체로 하나의 음악. 영화의 내용을 보면 팡은 풍선껌 부는 소리인데, OST를 듣고 있으면 마치 입으로 총소리를 내는 것 같다. 나는 내 멋대로 순서를 바꾸어 따라 부른다.

시슬로 립시스 팡 아아 스퀴시 식스.

스퀴시 팡 식스 팡팡 아아 시슬로 팡 립시스 팡 하면 느낌이 달라진다.

만약 죽는다면 이 노래와 함께 이승에서 저승으로 넘어가고 싶다. 죽음이라는 것은 철저하게 혼자서 맞이해야 하는 것이니까 외

---

\* 「Chicago」. 롭 마셜이 감독하고 르네 젤위거, 캐서린 제타존스, 리처드 기어가 주연을 맡은 뮤지컬 영화.

로움을 덜어 줄 무언가가 필요할 것이다.

영화 속의 대사.

'딸이 이상해진 걸 알면 엄마가 미칠 거야.'

바꾸어 말해 본다.

"아들이 이상하다는 걸 알면 엄마가 미칠 거야."

딸은 이상해졌지만 나는 이상한 놈으로 태어났다. 엄마가 미치지 않게 하려면 내가 이상한 놈이라는 것을 알게 해서는 안 된다. 언제까지 감출 수 있을까? 죽을 때까지 감출 수 있을까?

나는 과연 몇 살에 죽을까? 궁금하다.

# 4
## 새로운 가족

"할 얘기가 있어."

할. 얘. 기. 무얼까?

"덤덤하게 말하고 싶은데 잘 될지 모르겠네."

엄마의 얼굴이 심각하다. 무슨 일이 있는 걸까? 며칠 전 엄마는 이모네 집에서 자고 왔다.

"왜 무슨 일 있어?"

물었을 때도,

"그냥 이것저것."

하면서 말을 얼버무렸다. 힘들고 어려운 일이 있을 때마다 이모를 찾는 것을 알면서도 대수롭게 여기지 않았다. 더 이상 엄마한테 무슨 별일이 생길 수 있을까? 그렇게만 생각했는데……

"일단 차 한 잔 마시면서."

말을 꺼낼 듯하던 엄마는 주전자에 물을 부어 가스 불 위에 올렸다. 그러고는 느릿느릿 머그잔을 꺼내 찻잎을 넣는다. 혹시 아빠와의 일일까? 그래서 이렇게 말을 꺼내기가 힘든 걸까? 한번은 아빠가 엄마 학교로 찾아왔더라는 얘기를 들은 적이 있다.

"난동은 안 부렸어. 그 사람 체면 중요하게 생각하잖아."

아빠는 엄마가 어떻게 지내고 있는지 취조하듯 묻고 갔다고 했다.

"내가 얼마나 힘들게 지내고 있는지 확인하고 싶었던 거야."

"그래서 뭐라고 했어?"

"몸이 먼저 이야기를 하고 있었는걸. 얼마나 편안하고 행복한지. 허탈해하면서 갔어."

"그렇게 미련을 못 버릴 거면 있을 때 좀 잘하지."

"그게 네 아빠가 사랑하는 방식인 걸 뭐."

아빠는 엄마한테 앞으로도 잘 지내라고 했다고 한다. 아빠가 또 다녀간 걸까? 그렇다고 해도 이렇게까지 심란해질 이유는 없을 텐데.

엄마는 두 손으로 탁자를 짚고 일어나 천천히 가스 불을 끄고 팔팔 끓는 물을 잔에 따랐다. 두 개의 잔에서 재스민과 녹차의 향이 피어올라 한데 뒤섞인다. 차는 향으로 즐기고 맛으로 즐기고 눈으로 즐길 수 있어서 좋다. 향을 코로 음미한 뒤 천천히 입에 갖다 대었다. 뜨거운 차를 삼키지 않고 입 안에 물었다. 엄마의 눈이 충혈되었다. 입 안에서 미지근해진 차를 힘겹게 삼켰다. 따뜻한 기운이 뱃속에 퍼진다. 그러고도 나의 시선은 컵에 머물러 있다. 엄마는 헛기침을 했다. 한숨도 한 번 쉬었다. 그러곤 나를 보고 싱긋 웃더니 다시 입꼬리를 내리고 인상을 쓴다.

"아, 어떻게 말해야 할까?"

"덤덤하게 말하기 힘들면 안 덤덤하게 말하면 되잖아."

"좋아, 안 덤덤하게."

엄마는 숙이고 있던 고개를 들었다. 결심한 얼굴. 나는 덤덤하게 들어야겠다고 생각했다.

"아기 가졌어."

"누구 아기?"

순간적으로 나온 질문이었다.

"누구겠어?"

엄마의 얼굴이 일그러진다. 하긴 아빠는 엄마의 여자 친구들에게조차 질투를 느끼곤 했다. 큰 소리를 내어 웃는 것도 말을 하는 것도 다른 사람들의 시선을 끈다는 이유로 곧잘 신경질을 부렸다. 사람들과 어울릴 때면 엄마는 아빠 옆에 그저 정물처럼 앉아 있어야 했다. 남자 친구라니, 어림도 없다.

"언제?"

"이혼하기 한 달쯤 전."

주먹에 힘이 들어갔다.

"정말 끝까지……"

엄마와 아빠는 이혼하기 육 개월 전부터 각방을 썼다. 밤이면 엄마 방을 거칠게 두드리던 아빠. 술에 취해서 들어온 날에는 어김없이 방문에 발길질을 해댔다.

"네년이 아무리 그래도 내 마누라야! 오늘은 내가 이 문짝을 부수고야 말 거니까 한번 해 보자구!"

처음에는 방에서 뛰쳐 나와 싸우곤 하던 엄마가 언젠가부터 방문을 걸어 잠근 채 대꾸도 하지 않기 시작했다.

얼추 짐작을 해 보면 그 날이었던 것 같다. 학원 공부를 마치고 자정이 다 되어 들어갔던 날. 엄마 방에서 끊임없이 울음소리가 새어 나오고 있었다. 한숨밖에 나오지 않았다. 자주 보아 온 모습인데도 유난히 가슴이 두근거렸다. 엄마는 괜찮을까? 밤이면 잠겨 있는 엄마의 방. 무심코 손잡이를 돌렸다. 손잡이는 돌아가지도 않았는데 문이 열렸다. 문고리가 부서져 있었다. 숨이 턱 막혔다. 침대 위에 웅크리고 앉아 흐느끼던 엄마가 고개를 들었다.

희미한 달빛 속에서도 두려움이 가득했던 눈동자. 엄마의 기다란 머리카락은 눈물에 젖은 얼굴에 잔뜩 달라붙어 있다.

"이혼할 거야. 더 이상 희망이 없어. 네 아빠 정말 어쩔 수 없는 인간이야."

아무것도 할 수 없다는 죄책감. 자신에 대한 혐오.

"그걸 이제 알았어?"

아빠에 대한 증오로 몸이 떨려 왔다.

나는 엄마를 안아 주었다. 엄마의 몸에서 느껴지던 미열이 나에게로 옮아 오기를 바라며 더 꼭 안았던 기억.

그 날 그런 기가 막힌 일이 있었던 것이다.

"몇 개월?"

"사 개월."

"그 동안 몰랐어?"

"응, 그냥 스트레스 때문에 거르는 줄 알았어."

유난히 아기를 좋아했던 엄마는 내가 태어난 후로도 몇 번이나 임신을 하려고 했고, 아빠의 실수로 아기를 가지게 되었을 때는 강제로 유산을 시켜야 했다. 엄마를 얻는 것으로 목적을 달성한 아빠는 아기라면 끔찍하게 싫어했다. 아기가 셋만 있었어도 이혼은 포기했을 거라는 얘기를 엄마한테서 들은 적이 있다.

"지금 나 하나밖에 없으면서 둘도 아니고 셋이야?"

그 말에 엄마는 그랬다.

"둘도 부족해. 선녀와 나무꾼처럼 셋은 돼야 발목이 잡힐 것 같아."

그런데 이혼한 마당에 임신이라니 정말 어처구니가 없다.

"그래서 이모한테 갔던 거구나."

"……"

"이모, 화 많이 났겠다."

"길길이 날뛰지 뭐."

엄마는 한숨을 쉬며 말했다. 그런데 퍼뜩 이해가 되지 않았다. 무엇 때문에, 누구한테 길길이 날뛰었다는 거야?

"이모도 의사랑 똑같은 질문을 했어."

"무슨?"

"어떻게 하실 거예요? 어떻게 할 거니? ……당연한 대답을 예상하는 얼굴로."

그 말을 들으니 나는 물을 수가 없었다.

'엄마, 어떻게 할 건데?'

"무섭더라. 목숨을 두고 어떻게 하다니, 그런 걸 질문한다는 것 자체가 잔인하다는 생각이 들었어."

"……"

"더 무서운 건 나조차 '어떻게' 할까를 생각하고 있었다는 거야."

엄마의 눈이 내 의견을 묻고 있다. 하지만 섣불리 대답을 할 수가 없다. 엄마가 어떤 결정을 하든 그것에 동의하는 것. 그것이 내가 할 수 있는 최선이라는 생각. 내가 언제까지 엄마 옆에 있을 수 있겠는가? 자신이 없다. 엄마의 배로 시선이 갔다. 저 속에 아기가 있다. 탯줄에 의지해 붉은 실핏줄이 보이는 열 개의 투명한 손가락을 꿈틀거리고 있다. 하나의 생명이 태어나기 위해 온 힘을 모아 자신을 만들어 가고 있다. 차라리 아기한테 물어 볼 수 있으면 좋겠다. 너 태어나고 싶니? 하고.

'너 태어나고 싶니?'

신이 내게 이런 질문을 했다면 어땠을까?

물어 보고 낳지 그랬어? 가슴속으로 얼마나 많이 원망했는지 모른다. 그래서 어쩌면 신은 목숨을 거두고 돌보는 사람들한테 '어떻게' 하도록 두고 있는 건지도.

"아직 결정 안 한 거지?"

돌려서 물었다.

"결정했어."

"어떻게?"

"내게 주어진 목숨인데, 내가 살려야 하지 않을까?"

"괜찮겠어?"

"뭐가?"

54

엄마는 알면서도 되물었다.

"내 나이?"

"……"

"이혼녀가 배불러서 학교에 나가는 거?"

"……"

"경제적인 부분?"

"……"

"각오하고 있어. 지금 엄마한테 가장 중요한 건 현이, 너야. 네 대답을 듣고 싶어. 동생을 바라는지."

하나의 목숨이 탁구공처럼 네트를 넘어 내게로 왔다.

"나도 엄마한테 힘이 되고 싶어."

하지만 엄마, 내가 무슨 힘이 될 수 있을까? 사람은 어차피 한 번은 죽잖아. 엄마보다 내가 먼저 죽을 수도 있어. 죽음이란 놈은 죽고자 하는 열망이 있는 사람을 귀신같이 알아보고 영혼에 늘러붙어서 함께 기생해. 목숨을 먹어 치울 기회를 노리면서 말이야.

"그 말은 너도 아기를 원한다는 거지?"

"……"

"생명을 죽이는 일에 동참할 수 없다는 거지?"

나는 희미하게 고개를 끄덕였다.

엄마는 한숨을 폭 내쉬더니 다 식어 버린 차를 달게 마신다.

"됐어. 이것으로 '어떻게'에 대한 갈등도 끝!"

엄마한테 다시 한 번 묻고 싶다. 괜찮겠냐고.

"이혼을 하고 나서 아웃사이더로 밀려나고 나니 그 동안 뭘 지키기 위해 그렇게 아등바등 살았는지 모르겠다는 생각이 들어. 오히려 편하고 자유로워진 기분이야. 사회의 잣대에 흔들리지 않고 마음의 소리에 따라 살래. 나를 지키는 건 이 사회가 아니라 나 자신이니까 말이야. 그리고 이제는 가슴에 맺힐 일은 하지 말아야지."

"……"

"우리 아가한테는 오빠도 있고 이모도 있고 또 엄마도 있으니까, 아빠가 없는 것쯤은 괜찮겠지?"

아가, 라는 말을 하는 엄마의 얼굴에 웃음이 떠오른다.

"여자래?"

"여자였으면 해서."

"……"

"엄마가 너무 늙었다고 싫어하면 어떻게 하지?"

말은 그렇게 하면서도 얼굴은 밝다.

"미모로 밀고 나가."

기분을 맞춰 주기 위해 말해 놓고는 허탈해진다. 태어날 아기야말로 내 존재가 얼마나 부담스러울까? 아기야, 네가 나를 싫어하

면 사라져 줄 수도 있어. 그러니까 건강하게 태어나야 해. 이왕이
면 엄마를 꼭 빼닮은 아기였으면 좋겠다. 그래서 엄마를 누구보다
많이 이해하고 누구보다 많이 지켜 줄 아주 특별한 아기였으면 좋
겠다. 반드시 나하고는 완전히 다른 아이여야 한다.

"축하해."

"너도 축하한다. 새로운 가족이 생긴 거."

### 신의 마음

모든 아기들은 신의 축복을 받으며 태어난다

태어난 아기들은 인간의 사랑으로 성장한다

때로는 성장하지 못하는 아기들도 있다

인간들은 삼 퍼센트의 아기들을 미워하고 비난한다

신이 축복을 내려 준 아기들에게 인간들은 저주를 퍼붓는다

아기가 울면 하늘에서 신도 운다

괴로운 아기들은 살기 위해 신을 찾아간다

신은 아기를 거두어 다시 축복을 준다

그 징표로 새로운 아기를 다시 이승에 내려 보낸다

아기들이 태어나는 건

인간이 삼 퍼센트의 아기들에게도 사랑을 주기를 바라는

신의 마음이다

# 5
## 나를 닮은 아이

새로운 가족은 엄마로부터 나에 대한 관심을 거두어 갔다. 이제는 내가 엄마를 돌보는 사람이 되었다. 기분은 어떤지, 몸 상태는 어떤지, 학교에서 별일은 없었는지 물어 보는 일도 내 역할. 함께 식사를 할 수 있는 일요일이면 엄마를 위해 김치볶음밥이나 카레라이스를 만들고 브로콜리나 토마토를 삶아 낸다. 아빠가 있었다면 어림도 없을 풍경이다.

"마초로 키우고 싶었던 거야."

"마초는 아무한테도 사랑받지 못한다는 것도 모르고 말이야."

우리는 아무렇지도 않은 듯 말하지만 상처라고 하는 것은 그리 쉽게 아물지 않는 모양이다. 예전에는 자제해 왔던 행동을 하면서 순간순간 흠칫 놀란다. 그럴 때면 차라리 말해 버린다.

"엄마, 나 주걱으로 맞았던 거 알아?"

"프라이팬으로 맞은 적도 있잖아."

"얼마나 공들여서 만든 오므라이스였는데, 맛도 못 보고 정말 아까웠어."

"부엌 바닥에 쏟아진 오므라이스 시체를 치웠던 건 또 어떻고."

일하는 아주머니가 없을 때면 부엌에 들어가 이런저런 요리를 했다. 먹는 건 그다지 좋아하지 않았는데 요리를 하는 건 즐거웠다. 아빠 없을 때 몰래 하곤 했는데 매번 완전 범죄가 되는 건 아니었다. 부엌에서 음식을 하다가 걸리는 날에는 여지없이 거칠게 끌려 나가곤 했다.

"사내 녀석이 나가서 축구를 하든가!"

지겨운 축구.

"생긴 것도 그래 가지고 계집애같이 뭐 하는 거야!"

넌덜머리 나는 편견.

"요리 실력은 타고났나 봐."

"엄마도 그렇게 생각해?"

"아기 태어나면 다 말해 줄게. 오빠가 맛있는 거 많이 해 줬다고."

얼굴만 보아서는 임신한 티가 전혀 나지 않는다. 그저 배가 조금 나오고 몸이 좀 둔해 보인다고 할까? 그 정도.

"갑자기 홍합죽이 먹고 싶네."

"지금 수제비 끓이고 있는 건 보이지?"

"당장 먹고 싶다는 건 아니고."

엄마로부터 배운 요리들이지만 지금은 솔직히 내가 한 음식들이 더 맛있다.

식욕으로 가득한 엄마의 얼굴.

"저녁에 해 줄게. 그러다가 과체중으로 태어나겠다."

엄마는 나를 가졌을 때 입덧이 심했다고 했다. 아무것도 먹지 못해서 유령처럼 얼굴이 하얗게 질려 있었다고 했다. 먹지 않아도 구토는 끊임없이 일어나서 괴로웠던 엄마. 하나의 생명을 탄생시키는 일은 너무나 어렵고 힘들고 그리고 위대한 일이다.

"엄마 때문에 현이가 고생이네."

"즐거워."

우리는 마주 보며 씩 웃었다.

그릇 가득 수제비를 펐다. 김이 모락모락 오른다. 엄마는 입으로 수제비를 가져가면서도 눈으로는 프린트물을 보고 있다.

"요즘 애들 제법이야."

며칠 전부터 시작한 논술 첨삭 아르바이트로 일요일에도 쉴 틈이 없는 엄마가 그저 안타까울 뿐이다. 하나의 논술문을 첨삭해 주는데 오천 원을 받는다고 했다.

"먹고 해. 소화 안 되겠다."

"잘해야 해. 그래야 일감을 많이 주지. 부지런히 하면 하루에 스무 개도 할 수 있을 것 같아. 그러면 십만 원이잖아."

엄마는 정말 더 강해진 것 같다.

"힘들지 않아?"

"아기 낳고 나면 한동안 쉬어야 할 텐데, 미리미리 준비해 두는 거야. 지금 쪼들려서 그러는 건 아니니까 걱정하지 마."

엄마는 프린트물을 옆으로 치우고 본격적으로 수제비를 먹기 시작했다.

"감자가 파삭하니 너무 맛있다."

"엄마는 요즘 다 맛있잖아."

"그런가? 근데 너무 똑똑한 애가 태어나면 어떻게 하지?"

"무슨 소리야? 너무 뚱뚱한 애가 아니고?"

"번역 공부도 다시 시작할 거거든."

"영어?"

"응. 아기는 아무래도 엄마가 키워야 한다는 생각이 들어. 집에서 할 수 있는 일을 아무리 찾아봐도 번역이 수입이 가장 나은 것 같아. 내 발전도 되고. 물론, 학교로 다시 복귀하지 않겠다는 말은 아니고. 상황이 어떻게 될지 모르니까 이것저것 준비해 둘 생각이야."

지금 엄마는 모든 게 다 왕성하다. 하나의 목숨을 가슴에 품고 있으면 저렇게 되는 걸까? 아니, 엄마의 모성애는 특별하다. 그래서 더 특별하게 느껴지는 엄마.

엄마 옆에서 아들로 존재하는 순간까지 나도 최선을 다하고 싶다. 오로지 한 가지 생각 —고등학교를 졸업하는 것— 에 매달려 있는 것도 그 때문이다. 문득 왜? 왜 버티어 내야 하는 거지? 그런 생각이 들기도 하지만 살아야 하는 이유들을 머릿속으로 끊임없이 만들어 내고 있다. 좋은 일이다. 하지만 어느 순간 서로를 꼭 붙들고 있는 가느다란 실타래들이 툭 끊어져 버리는 순간이 온다면 그때는 어찌할까?

대사 없는 배우. 학교에서의 나는 아빠 앞에서 엄마가 그랬던 것처럼 정물로 앉아 있다. 아이들이 나에게서 시선을 거두고 말을 거두고 몸짓을 거두고 나자 편안한 외로움이 몰려왔다. 여진이도 눈이 마주치면 이전처럼 고개를 돌리지 않고 환하게 웃는다. 마음의 정리가 완전히 끝났는지 쭈뼛거리거나 긴장하는 모습을 전혀 볼 수 없다. 자기 친구들에게 하듯이 스스럼없이 말을 붙여 오는 것을 보면 나 때문에 가슴앓이를 했던 애인가 싶을 정도다.

이제 간간이 반을 돌아볼 여유도 갖게 되었다. 반 아이들은 두 부류로 나뉜다. 대학에 들어갈 아이들과 들어가지 않을 아이들.

아니, 정확하게 말하면 대학에 들어갈 수 있는 아이들과 들어갈 수 없는 아이들. 대학에 들어갈 수 없는 아이들도 공부를 하는 아이들과 하지 않는 아이들로 나뉜다. 열심히 공부한 만큼 성적이 나오지 않아도, 도무지 공부에 집중할 수 없어도, 마지막까지 포기할 수 없는 것. 그것이 바로 대학인 것이다. 공부를 하는 아이들은 점점 더 지쳐 갔고 공부를 하지 않는 아이들은 점점 더 생기를 띠기 시작한다. 조금씩 더 삐딱해지고 엇나가면서 특권처럼 떠들고 거칠어진다. 그리고 그 애들의 눈에는 대학에 들어갈 아이들에 대한 부러움이나 선망, 질투나 시샘, 스스로에 대한 비애감도 없다. 문득, 전에 학교에서 공부를 좀 한다던 애가 했던 말이 생각난다.

"직업에 귀천이 있는 건 너무 당연해."

'직업에는 귀천이 없다' 는 논술문을 숙제로 제출하고 난 후였다.

"쟤네들 저렇게 여자 친구 만나서 놀러 다니고 즐길 동안 밤잠 못 자면서 공부했는데, 대가가 있어야 할 거 아니야."

대가를 말하는 그 애의 눈동자는 자만심으로 번들거렸다. 그 애는 사회에 나가면 기득권자가 될 것이다. 사회에는 있는 자와 없는 자가 있고, 학교에는 대학에 들어갈 자와 들어가지 못할 자가 있다. 이런 식의 이등분 속에서 교실이라는 곳은 또 하나의 중요한 편 가르기가 있으니, 친구가 있는 자와 없는 자. 존재감이 있는 자와 없는 자.

창가 쪽 맨 끝자리. 상요는 무지갯빛 쿠션을 끌어안고 책상에 엎드린 채 교실을 외면하고 있지만 그것이 없는 자의 몸에 배어 버린 습관이라는 것은 쉽게 티가 난다. 상요와 몇 번 눈이 마주친 적이 있다. 서둘러 고개를 돌리고 나서도 상요의 시선은 얼마 간 내게 머물러 있었던 것 같다. 물결 같은 시선. 나를 툭 건드리고 가는 느낌. 복도에서 스쳐 지나갈 때 희미한 담배 냄새를 맡았던 적도 있다. 담배 냄새를 참 싫어하는데 상요한테서 나는 냄새는 그렇지 않았다.

교실에 들어서면 상요의 자리가 가장 먼저 눈에 띈다. 오늘도 결석이다.

아무도 모르는 걸까? 담임도 아이들도 모두 상요의 존재가 처음부터 없었던 것처럼 신경 쓰지 않는다.

"원래 자주 결석해. 조직 생활 부적응이라던가 뭐라던가 그렇대."

여진이는 동그란 눈을 더 크게 떠 보이며 대꾸했다.

"설마 관심 있어서 그러는 건 아니지?"

"무슨 뜻이야?"

순간적으로 가슴이 불쾌하게 뛰기 시작한다.

"걔 호모거든."

여진의 눈이 나를 살핀다.

"너 호모 싫어하잖아. 그래서 민규한테 빡 돈 거 아니야?"

대답을 바라는 거니?

"무슨 이유로 호모라는 거야?"

과민 반응을 보이는 스스로에게 짜증이 났다.

"진성이라고, 넌 모를 거야. 걔한테 털어놨다더라. 진성이가 유일한 친구였는데 그 일로 절교했잖아. 그 다음부터 상요, 학교에도 잘 안 나와. 진성이가 말하고 다녔거든. 남자 애들한테 끌려가서 맞았다는 소리도 있어."

중학교 때 간질을 앓던 애가 있다. 어느 순간 발작이 일어나면 사지가 뻣뻣해지면서 푹 쓰러졌다. 거의 기절 수준이었다. 눈을 허옇게 뒤집어 까고 입에 거품을 흘리면서 몸을 뒤틀어 대는 모습은 쳐다볼 수 없을 정도로 처절했다. 그런 애가 생긴 건 유난히 해맑았다. 그래서 웃는 모습이 더 슬퍼 보였던 아이. 지금 내 마음 속에서 발작이 일어나고 있다. 오장 육부가 뻣뻣해지면서 뒤틀리고 있다. 기도가 막혀서 말이 나오지 않고 눈조차 깜빡거릴 수 없다.

"왜 그래?"

말이 거칠게 나왔다. 여진의 얼굴에 당황하는 빛이 스친다. 네가 뭘 안다고 그런 표정을 짓는 거야? 나는 상요에 대해서 아무 말도 안 했어. 호모에 대해서 아무 말도 안 했다고.

"짜증나. 네 자리로 가 버려."

여진이 얼굴이 발갛게 달아오르고 있다.

"너 또 울려고 그러지?"

"야, 정현. 너 재수 없어."

그래, 차라리 그렇게 말해. 내가 생각해도 나는 너무 재수 없으니까.

"네 말투 말이야."

그래, 말해. 내 말투가 계집애 같다는 얘기는 숱하게 들어왔어.

"네 말투 참 좋아. 부드럽고 다정하고."

"……"

"근데 어떨 때는 반대야. 두 얼굴의 사나이. 왜 느닷없이 신경질을 내는 건데?"

"두 얼굴…… 뭐?"

"화가 나면 헐크로 변하는 두 얼굴의 사나이 말이야."

"내가 그랬나?"

"정말 녹음해서 들려 주고 싶어. 아수라 백작."

"아수라 백작은 또 뭐야?"

"만화 영화에 나오잖아. 한쪽은 여자, 한쪽은 남자인 사람."

아, 그게 아수라 백작이었구나. 자기가 편리한 대로 여자나 남자를 선택해서 말하던 사람.

"너, 나에 대해서 연구 많이 했다."

"공부할 시간이 부족해서 조금밖에 못 했지만, 졸업하고 나면 본격적으로 할 생각이야. 그걸로 대학 논문 써야지."

여진이는 발간 얼굴로 킥킥거리며 웃는다. 착한 애구나, 그런 생각. 하지만 편하지는 않다. 여진의 말처럼 나는 두 얼굴의 사나이인지도 모르고 아수라 백작인지도 모른다. 언제 내가 변할지 알 수 없고, 세상에 보여 주는 얼굴 뒤에는 다른 얼굴이 있다. 감추어진 얼굴은 드러난 얼굴이 짓는 표정과 하는 말을 일일이 감시하며 나무라고 상처받는다. 마치 아수라 백작이 여자가 되어 말할 때 남자가 빈정대고, 남자가 되어 말할 때 여자가 화를 내었던 것처럼.

"근데 왜 갑자기 기분이 나빠진 거야?"

"내가 그랬나? 네가 이상한 표정을 지어서 짜증났던 것뿐인데."

"무슨 이상한 표정을 지었다고 그래? 네가 갑자기 진지해져서 쳐다본 것뿐인데."

"아니면 말고."

"또 그런다."

"그냥, 진성이라는 애 왜 그런 말을 하고 다녔을까? 그런 생각을 했어. 친구라면, 친구라면 말이야."

"그래, 그렇게 말해. 역시, 다정한 네 말투가 진짜 너야."

"닭살……"

살짝 웃으면서 여진이를 째려봤다.

"남자 애들은 참 의리가 없어. 그렇지, 현아?"

"남자 애들이 아니라 진성이라는 애가."

여진의 말을 고쳐 주었다.

"그런가?"

"순전히 경험론이잖아. 한 명이 그런다고 전체를 싸잡는 거."

여진이는 몸을 낮추더니 책상에 팔꿈치를 대고 얼굴을 괴고서
는 빤히 쳐다본다.

이건 또 무슨 포즈야.

그런 눈으로 쳐다보지 마.

아무 말도 하지 마.

고개를 돌렸다.

"우리 친구 하자."

'그렇게 심각하게 말하면 이상하잖아.'

"친구잖아."

"정말?"

눈이 반짝 빛난다.

"내가 이 반에서 너 말고 친한 애가 누가 있어?"

"졸업하고 나서도."

눈에 물기가 어린다. 이 애도 눈물이 참 많다. 엄마처럼.

"야, 풍경 좋다."

아이들 몇몇이 휘파람을 불며 지나간다. 그래도 여진이는 꿈쩍도 안 했다.

"넌 좀 특별해."

"나도 알아."

엄마한테 그러는 것처럼 장난스럽게 웃었다.

"그래서 내가 자꾸 끌리나?"

"너 이상한 행동 안 하기로 했잖아."

"너야말로 이상한 상상하지 마. 나 점점 네가 이성이 아니라 동성처럼 느껴지는 중이니까. 정말 묘한 기분이야."

여진이는 말처럼 나를 묘한 눈으로 쳐다보았다. 동성처럼? 내가 여자 같다는 소리야? 다행으로 생각해야 하나?

여진이가 돌아가고 난 후 민규의 싸늘한 시선이 느껴졌다. 이 자식, 그 이후로 나에게 아무런 말이 없다. 그것이 오히려 고맙기는 하지만.


**어린 시절**


**해질녘까지 우리들은 함께 놀았다**

새로운 놀이들을 끊임없이 만들어 가며 시간 가는 줄 몰랐다

엄마가 불러 수아가 갔다

집에 두고 온 강아지가 생각나서 동수가 갔다

똥이 마렵다며 진수도 갔다

배가 고파진 솔아도 갔다

그래도 다음 날이면 다시 모여 해질녘까지 놀았다

수아랑 솔아랑 손을 꼭 붙잡고 다녀도 아이들은 헤헤거렸다

진수랑 동수가 손을 꼭 붙잡고 다녀도 아이들은 깔깔거렸다

사랑하고 싶은 것을 사랑할 수 있었던 어린 시절

# 6
## 사회적 통념 그리고 아웃

"무리하는 거 아니야?"

요 며칠 엄마는 많이 지쳐 보인다.

"아직은 괜찮아."

"그런데 왜?"

굵게 진 쌍꺼풀이 무겁게 내려와 있다. 엄마는 손으로 아무렇게나 머리를 빗어 넘겼다. 엄마의 손가락이 지나간 머리카락이 하늘로 곤두선다.

"스트레스 때문에."

허탈한 웃음.

엄마는 뜻밖의 말을 했다.

"오늘 학생 둘이 퇴학 맞았어."

엄마는 고2를 가르치고 있다. 퇴학이라니? 무슨 짓을 저지른 걸까? 이제 곧 고3이 되는데, 퇴학이라니?

"왜 맞았는데?"

"복도에서 키스하다 걸렸거든."

"너무한다."

곧바로 내 입에서 튀어나온 말. 이런 상황이라면 아니, 키스를 했다는 말이야? 엄마는 남자 고등학생들을 가르치잖아? 아니, 그럼 남자 애들이 키스를 했다고? 세상에 그런 일이 있을 수 있어? 하면서 과장되게 말해야 하는 것이 아니었을까? 순간적으로 엄마 얼굴을 살폈다.

그런데 누가? 엄마는 누가 너무한다는 소리로 알아들었을까? 키스한 아이들이? 아니면 퇴학 시킨 선생들이? 그게 무엇이든 엄마가 건성으로 들었기를 바라는 마음이다. 무심코 얼굴에 손바닥을 갖다 댔다. 뜨겁다. 차가운 손바닥으로 뜨거운 기운이 즉시 옮아간다.

"선생들이 너무했지."

다행히 분위기가 어색해지기 전에 엄마가 말을 꺼냈다. 스트레스 때문인지 엄마는 나를 보지도 않고 냉장고에서 이것저것 주섬주섬 꺼낸다. 기분이 좋지 않아도 엄마의 식욕은 떨어질 줄 모른다. 아니 오히려 더 많이 먹는 것 같다. 아기가 엄마를 닮았다면 아기도 지금 뭔가를 먹고 싶을까? 나는 엄마가 냉장고에서 꺼내는 대로 가스 불을 켜서 찌개를 올리고 프라이팬을 꺼내어 버섯볶음을 데우고 김치 뚜껑을 열고 컵에 물까지 따랐다.

"어떤 애들이었어?"

최대한 무심하게. 얼굴에 표정을 드러내서는 안 돼.

"문제 있는 애들은 아니었어. 그렇다고 모범생도 아니었지만. 그냥 평범한 애들."

밥은 반 공기만 폈다.

"채워 줘."

"밤이잖아."

"임산부잖아. 이인분."

"먹고 모자라면 더 줄게."

엄마가 내게 눈을 흘기며 웃는다.

"네가 나한테 잔소리하는 거 너무 좋아."

"천천히 먹어."

엄마는 밥을 한 술 뜨더니 가슴을 쓸어내린다.

생각하는 얼굴. 엄마는 정말 선생님들이 잘못했다고 생각하는 걸까?

"엄마는 그냥 가만히 있었어?"

"걔네 담임 대단했어. 가톨릭 신자거든. 근신하는 동안 벌이 뭐였는지 알아?"

젓가락질이 느려진다.

"성경책 베끼기. 악마의 유혹에서 빠져나와야 한다면서 말이야."

악마의 유혹. 또다시 '소돔과 고모라'인가? 정말 동성애 때문에 소돔과 고모라를 유황불로 심판했다면 신에게 물어 보고 싶다. 동성애자들은 왜 만든 거냐고? 인간들을 그렇게 사랑한다면서, 벌 주기 위해 만들었냐고? 다 인간들이 판단하고 해석하는 짓이다, 인간들이. 그러면서 왜 하느님 운운하는가? 신은 서로 사랑하라 했는데 왜 미워하고 멸시하지 못해서 난리인가?

"내가 가톨릭 신자가 아닌 게 다행일 정도였어. 귀신 쫓는 것처럼 성호를 긋고 난리였지."

"그 사람이 악마네."

"누구? 담임?"

"응, 악마는 사람을 미워하잖아."

"현아, 미워해서 그런 게 아니야. 그 사람이 학생들을 사랑하는 방식인데 옳다 그르다 말할 수 없어."

"그래서 엄마는 어떻게 생각하는데? 엄마도 담임 선생님이 잘못했다고 생각하는 거잖아, 그렇지?"

무슨 말이 듣고 싶은 거야? 이제 그만, 그만 물어야 해.

엄마의 얼굴에 일어나는 아주 미묘한 변화 하나까지 살피기 위해 눈 한번 깜빡거리지 않았다.

"그런데 그 애들 장난으로 그런 게 아니었어. 진짜 동성애자들이었어. 정말 사랑하나 보더라. 서로 상대방은 이성애자라며 자기가 유혹해서 순간적인 호기심으로 그런 거라고 변명하는 거야."

동. 성. 애. 자. 이마에 매달린 땀이 무겁게 느껴져 머리를 흔들었다. 땀은 튀어오르지도 못하고 그대로 주르륵 떨어졌다.

"동성애자가 아니라는 것만 인정하라고, 그러면 한 달 간 유기정학에 처하겠다고 했어. 그런데도 그 애들 서로 위해 주느라 끝까지 상대방은 이성애자라고. 하지만 자기는 정말 동성애자라고 하는 거야. 어쩔 수 없었다."

가짜 동성애자라면 오히려 더 처벌해야 하는 거 아니야? 순전히 성적인 것만 즐기려고 했다면 그게 더 퇴학감이 아니냐구? 이성애자들이 동성애를 하는 것은 괜찮고, 동성애자들이 동성애를 하는 건 안 된다? 그게 말이 돼?

엄마! 도대체 뭐가 어쩔 수 없다는 거야? 누구를 팬 것도 아니고 왕따를 시킨 것도 아니고 선생님들에게 해코지를 한 것도 아니고, 도둑질을 한 것도 학교 기물을 부순 것도 아닌데 뭐가 어쩔 수 없다는 거야? 그저 같은 성(性)을 사랑하는 것이 퇴학을 시킬 수밖에 없는 끔찍한 범죄라는 거야?

눈으로만 말들을 쏟아 내었다.

엄마가 물을 마시는 것까지 보고 식탁을 치웠다.

'그래서 엄마는 아무 말도 못 했다는 거지?'

주전자에 물을 올리고 컵에 재스민을 넣었다.

"그것도 반 컵만."

엄마는 배를 문지르면서 나른한 표정을 짓는다. 이쯤에서 자리를 벗어나야 한다고 생각했다. 컵에 물을 따르고 설거지를 하는데 혼잣말처럼 엄마가 말했다.

"네 아빠가 한 일 중에 유일하게 고마운 거 하나가 뭔지 아니?"

"그런 것도 있어?"

"사람 욕할 때 쓰던 말. 특히 접대 같은 거 하고 와서는 그랬잖아."

차마 내 입으로 할 수 없는 말, 호. 모. 새. 끼.

"호모 새끼. 아빠 덕분에 호모에 대한 편견은 많이 버릴 수 있었던 것 같아."

쿡, 웃음이 나왔다.

"퇴학 시키지 않으면 다른 애들까지 물들일 거라는 게 중론이었어. 그게 사회야. 사회의 통념이란 사람들의 생각 속에 견고한 성을 쌓거든. 그 성은 무의식 속에 자리 잡기 때문에 실체도 없이 사람들의 생각을 가두어 버려."

통념, 견고한 성, 무의식, 생각을 가두다.

그렇다면 엄마는 통념을 거부하는 사람인가?

견고한 성을 부수려는 사람인가?

무의식 속에 갇힌 생각을 비판하는 사람인가?

아니면 통념에 굴복하는? 성에 갇혀 있는? 무의식은 의식을 지배한다고 믿는?

엄마는 어떤 사람이지?

엄마는 왜 엄마 생각을 말하지 않아? 나는 더 이상 물어 볼 기운도 없는데.

"누군가 하나 확 죽어 버리면 어떨까?"

가슴속에 숨겨 둔 말이 탈출하다.

"뭐라고?"

"그러면 동성애자들이 얼마나 힘든지 사람들이 알지 않을까?"

실수. 지금 누구를 옹호하고 있는 건가? 교사들에게 희생된 학생들인가? 이성애자들에게 억압받고 있는 동성애자들인가?

"얼마나 힘든지?"

뜨악한 표정.

"왜, 전태일도 그랬잖아."

엄마를 돌아보지도 않고 말했다. 일부러 물을 크게 틀고 그릇을

달그락거리면서 설거지를 했다. 차라리 내가 하는 말을 엄마가 듣지 못하기를 바라면서. 언제라도 한 번, 내가 하고 싶은 말을 하면서 살까? 적어도 엄마 앞에서는 나로 있고 싶은데…… 아니, 엄마 앞이기 때문에 더더욱 나일 수 없다.

"노동자 전태일?"

"……"

순간 너무 많이 앞질러 갔다는 생각이 들었다.

"노동자하고 동성애자하고는 다르지 않니?"

설거지를 마치고 손에 남은 물기를 아무렇게나 옷에 슥 문질렀다. 어떻게 이 자리를 모면하지? 엄마의 눈이 그대로 나를 관통해 버릴 것처럼 강렬하다.

"현아, 어떻게 같다는 거야?"

대답을 해야 해. 대답을. 아주 단순한 대답. 그래서 엄마가 전혀 의심하지 않을 명쾌한 대답.

"같은 소수잖아."

엉거주춤하게 서서 말했다.

"소수? 노동자는 다수야."

"약한 사람들이라는 뜻으로 소수."

내 목소리는 점점 기어들어가고 엄마의 목소리에는 힘이 들어간다. 지금 엄마의 눈이 나를 살피고 있다.

"동성애자들이 얼마나 동의를 얻고 있다고 생각해?"

영 퍼센트. 알아, 엄마. 동의는커녕 경멸과 혐오의 대상이야.

"나는 전태일 얘기를 하고 싶은 거야."

엄마의 눈동자가 바짝 다가온 느낌. 다리라도 달려서 나에게 뚜 벅뚜벅 걸어오고 있는 기분.

"전태일이 죽고 난 후에 노동자 인권이 많이 성장했잖아. 문득 그런 생각이 들어서 한 소리야."

엄마도 지금 전태일 얘기를 하고 싶어 한다.

"전태일이 죽고 난 후 바로 노동 조합이 설립된 것도 아니었어. 거의 이십 년 가까이 지난 다음이었잖아. 노조의 설립은 전태일의 죽음보다 시대적 흐름이라고 해야 맞아."

하지만 눈은 그렇지 않았다.

목덜미에 흐르는 땀이 돌멩이처럼 묵직하다.

"어쨌든 노동자와 동성애자를 비교하는 건 맞지 않아."

위기를 모면할 기가 막힌 대사가 떠올라야 하는데, 진지한 분위 기를 바꿀, 재치 넘치는 대사.

"집이 너무 더운 것 같아. 보일러 좀 낮출게."

마루로 성큼성큼 걸어 나와 온도계 앞에 섰다. 보일러를 낮추는 대신 이마에 맺혀 있는 땀을 문질렀다. 방으로 들어가려는데 엄마 는 식탁에 앉은 채 나를 빤히 보고 있다.

"어쨌든 나는 전태일 얘기를 하고 싶었던 거야."

억지 웃음.

엄마의 눈이 정. 말. 을 묻고 있다.

### 더 이상 죽지 말자

노동법을 준수하라, 우리는 기계가 아니다

그 말을 외치며 전태일이 죽었다

정의를 세우기 위해 목숨을 바쳤던 사람

그래서 그는 열사

인권을 준수하라, 더 이상 죽이지 말라

그 말을 유서에 남기고 청소년 동성애자가 죽었다

인간답게 살 수 있는 세상을 만들기 위해 목숨을 바쳤던 사람

하지만 그는 성적 소수자*

사람들은 전태일을 추모하며 기리지만

성적 소수자의 죽음은 성적 소수자들만의 것

더 이상 죽이지 말라

---

* 동성에게 성적 지향을 지닌 동성애자, 남성과 여성 모두에게 성적 지향을 지닌 양성애자, 자신
  의 생물학적 성과 다른 성을 지닌 트랜스젠더, 남성과 여성의 일부를 가지고 태어난 인터섹슈
  얼 즉, 중성인 사람 모두를 일컫는 말.

는 구호를 듣는 귀들은 모두 닫혀 있고

더 이상 죽지 말자

성적 소수자들은 스스로를 위로하며 향을 피운다

# 7

## 변. 태. 새. 끼.

상요는 꼬박 일 주일을 결석하고 학교에 나왔다.

그 동안 상요의 빈자리를 바라보는 게 습관이 되었다. 텅 빈 의자. 텅 빈 책상. 그랬던 자리에 상요의 몸이 걸쳐진다. 더 야윈 듯하다. 힘겹게 가방을 열어 책을 꺼낸다. 상요가 지금 내 시선을 느끼고 있다는 것을 알 수 있다. 손놀림이 느려진다. 고개를 돌려야 해. 천천히 머리가 움직인다. 몸을 움직일 수가 없다. 순간 상요의 눈이 내 눈에 맞춰졌다. 시간이 정지한 것 같은 기분. 우리를 제외한 모든 것이 그대로 멈추어 버린 것 같은 착각. 상요, ……희미하게 웃었던 것 같다. 상요가 다시 고개를 돌리자 빠른 화면처럼 모든 것이 부산스러워졌다. 아쉬움이 가슴속에 파도를 만들고 있다.

마치 처음부터 존재하지 않았던 것처럼 단 한 번도 상요를 찾지 않던 담임은 상요를 보자마자 대뜸 달려와 출석부로 머리를 내리쳤다. 한 번. 두 번. 세 번.

여자 아이들의 비명 소리.

네 번. 다섯 번. 여섯 번.

상요는 몸을 꼿꼿하게 세운 채 고스란히 맞고 있다.

'그만 해!'

몸 속의 피가 빨리 돌기 시작한다. 마치 내가 맞는 것처럼 몸이 움츠러든다.

일곱 번. 여덟 번. 아홉 번.

'그만 하란 말이야!'

주먹에 힘이 들어간다.

열 번.

차라리 눈을 감았다.

씩씩거리던 담임은 숨을 고르더니 다시 상요가 없는 것처럼 행동한다.

하루 종일 온 신경은 상요에게 가 있으면서 단 한 마디도 건네지 못했다. 담임은 상요가 왜 결석했는지 알기나 할까? 아니, 물어 보기라도 했을까? 대체 무슨 권리로 체벌을 한 것이며 상요는 왜 묵묵히 맞기만 한 걸까? 속수무책. 때리면 맞아야 하는 현실.

그게 바로 학교다. 선생이 학생들을, 다수의 학생이 하나의 학생을 때리면 맞아야 하는 조직. 하루 종일 나는 상요의 얼굴을 단 한 번도 바라보지 못했다. 친구였다면 다가가 담임 욕이라도 해 주었을 텐데, 나는 아직 상요와 단 한 마디도 나누지 못했다. 상요는 얼마나 비참했을까?

"네가 강남에서만 학교를 다녀서 그래."

상요 얘기를 들은 엄마가 말했다. 나는 상요, 라는 이름은 빼고 말했다.

"강남에서 그랬으면 난리 났지."

"그렇지 않아. 전에 학교에서도 빈익부 부익빈이었어."

"무슨 소리야? 빈익빈 부익부 아니니?"

"우리는 그렇게 말했어. 부자는 매가 가난하고 가난하면 매가 부자라고."

"거 말 되네."

"나는 폭력이 너무 싫어."

"그것도 아빠한테 감사하자."

엄마는 웃으며 말했다.

"어려서부터 폭력이 얼마나 무시무시하게 억울한 건지 경험하게 해 줬으니까."

"엄마는 정말 나 때문에 참고 살았던 거야?"

"그게 있잖아, 사람이 한번 참기 시작하면 오기로 참게 되거든. 말이 되나? 스스로에 대한 혐오 때문에 아무것도 할 수 없는 상태가 되어 버려. 자아 존중감이 없어지는 거지. 인정해. 근본적인 문제는 나한테 있었어. 하지만 너 때문에 주저앉은 적도 여러 번 있었어. 평범한 가정 속에서 자라게 해 주고 싶었거든."

나는 엄마를 살짝 째려봤다.

"겉으로만 평범했지. 속으로는 정말 안 평범했던 거 알아."

엄마는 웃으며 말했다.

"지금 참 좋아."

"정말, 이제야 평범해진 기분이네."

"식탁은 안 평범한걸."

이번에는 엄마가 나에게 눈을 흘긴다. 이모가 다녀가고 나면 식탁이 훌륭해지는 것이다.

이모는 임신 소식을 들은 지 딱 한 달 동안만 화를 내었다.

"한 달 동안이라도 시위를 해야 한이 안 맺힐 것 같아서."

그렇게 말하고는 그 동안 어떻게 참았을까 싶게 반찬거리들을 만들어 부지런히 나른다.

시금치나물이며 멸치와 뱅어포 볶음, 김이랑 고기도 재어 냉장고에 차곡차곡 채워 넣고 밀린 빨래며 청소까지 말끔하게 해 놓는 걸 보면 순전히 엄마에 대한 애정 때문이라고만 볼 수 없다. 모성애. 이모도 아기가 걱정되는 것이다. 엄마와 이모의 모성애는 정말 대단하다. 많은 나이에 이혼녀의 몸으로 아기를 낳기로 한 것이나 — 더군다나 엄마가 그토록 싫어하는 아빠의 아기임에도 불구하고 — 어머니처럼 엄마를 돌보는 이모나 평범한 사람들은 아니다. 나도 이런 모성애에 동참하고 싶다. 아기가 태어날 때까지 엄마의 아들로, 건강한 아들로 살아야겠지.

"공부는 잘 돼 가니?"

"그럭저럭."

"너무 맡겨 두고만 있는 것 같아서 미안한데."

"언제는 안 그랬나 뭐."

하고는 바로 다시 말했다.

"그래서 더 좋아."

엄마를 신경 쓰이게 하고 싶지 않다. 엄마는 비로소 아빠에게 놓여난 듯 보인다. 그것도 아기의 힘인 듯. 엄마는 이제 아기에게만 관심을 쏟아 부어야 한다. 날 바라보는 엄마의 다정한 눈동자, 그걸로 충분하다. 어떠한 상황에서도 나에 대한 엄마의 마음이 변하지 않는다면 얼마나 좋을까?

"과외 선생도 없는데 괜찮아?"

또다시 과외 이야기. 아빠는 이혼에 합의해 주는 조건으로 위자료는 단 한 푼도 줄 수 없다고 했다. 옷가지들만 챙겨서 나가라고 했다. 그때는 아빠가 정말 지독하다고 생각했는데, 그러면 엄마가 이혼을 포기할 거라는 기대를 했었다고 한다. 원하는 대로 다 해 줄게. 이혼만 해 줘. 엄마의 단호한 태도에 아빠도 결국 마음을 접었다. 물론 그렇다고 해서 위자료를 넉넉하게 받은 건 결코 아니다. 겨우 여기 인천에 조그만 아파트를 장만한 정도. 그걸로도 엄마는 가슴을 쓸어내렸다. 전학을 하자마자 엄마는 학원 걱정부터 했다. 그리고 과외를 하지 않겠다고 먼저 말한 건 나였다. 더군다나 아기까지 생긴 마당에 과외라니, 말도 안 된다. 아르바이트까지 시작한 엄마를 보며 한 번도 돈을 허투루 쓴 적이 없다. 내가 도울 수 있는 게 그 정도라는 게 안타까울 뿐이다. 아기는 사랑으로만 자랄 수 없다. 할 수 없이 사랑스러운 아기로 자라려면 돈이 필요하다. 나는 엄마한테 한 번 더 말했다.

"여기는 강남하고 다르다니까. 다 분위기 탓이야. 공부하는 방법을 모르는 것도 아닌데, 내 시간을 관리할 수 있어서 더 좋아."

학교 공부를 마치고 나면 근처에 있는 시립 도서관 열람실을 이용한다. 집에서 공부할 수 있으면 좋을 텐데 자율 학습을 하던 것이 몸에 배어 버렸는지, 방에 있으면 분위기가 잡히지 않는다. 방이란 공간은 그저 쉴 수 있는 곳이면 좋겠다는 생각. 방에 들어오면 쉬고만 싶은 생각이 드는 것이다. 물론 독서실에 다닐 수도 있다. 도서관은 열 시면 문을 닫으니까 조금 더 오래 공부할 수 있

다. 하지만 엄마가 걱정되어 그도 저도 못하고 있다. 아니 차라리
밤에는 집에서 공부를 하는 게 마음이 편하다.

"잠도 더 충분히 잘 수 있고."

안심하라는 뜻으로 한 말이었는데 엄마는 애매한 표정을 지
었다.

"너무 충분히 자지는 마."

늘 잠이 부족하다는 것을 알면서도, 겉으로 드러내 놓지는 않지
만 엄마도 수험생인 내가 신경이 쓰이겠지. 고3이 된 이후로 다섯
시간 이상을 자 본 적이 없다. 모자라는 잠은 수업 시간에 간간이
보충한다. 물론 나는 잔뜩 긴장을 하기 때문에 선잠을 자지만, 희
미하게 코를 골며 자는 애들도 있다. 그래도 선생님들은 굳이 깨
우지 않는다. 간밤에 노느라고 지쳐서 자는 게 아니라는 것을 아
니까 현실과 적당히 타협을 하는 것이다. 그러면서도 우린 학교에
는 꾸역꾸역 나간다. 일곱 시 사십오 분. 등교 시간에 맞추기 위해
아침을 거를지언정, 수업 시간 내내 잠을 잘망정, 그것은 타협의
여지가 없는 일이다.

방으로 들어오니 벌써 자정이 다 되어 간다.

오늘 하루도 무사히 보냈구나. 아무 일 없이……

자우림의 노래를 틀었다. 음악과 시가 없었다면 어디에서 위로
받고 어디에서 기운을 얻었을까? 「매직 카펫 라이드」가 신나게 울

려 퍼진다. 홍얼홍얼 따라 해 본다. 이렇게 멋진 파란 하늘 위로 나르는 마법 융단을 타고— 이렇게 멋진 푸른 세상 속을 나르는 우리, 두 사람. 신경 쓰지 마요— 어깨도 까딱까딱 흔들어 본다. 상요가 생각난다. 너는 왜 자꾸 상요를 신경 쓰니? 영혼이 내게 묻는다. 지금은 나한테 그런 걸 물어 볼 때가 아니야. 너무 피곤해. 다시 노래를 따라 했다. 인생은 한 번뿐, 후회하지 마요— 진짜로 가지고 싶은 걸 가져요— 용감하게 씩씩하게 오늘의 당신을 버려요— 사실은 그 애를 생각하는 거지?

머리를 한 대 얻어맞은 느낌. 알면서 왜 물어? 색색의 보석, 꽃과 노루, 비단, 달콤한 우리—식스 스퀴시 팡 시슬로 아아 립시스 팡팡—그래, 상요를 보면 그 애를 떠올리지 않을 수가 없어. 상요와 닮은 아이. 생김새가 그렇다는 게 아닌 건 알지? 성격이 그렇다는 것도 아니라는 걸 잘 알고 있지? 느낌. 그놈의 느낌. 상요가 주는 특별한 느낌을 가진 애. 잊고 있었는데, 아니 잊고 싶었을까? 어쩌면 그 동안 정말 잊고 있었는지도 몰라. 아무렇지도 않게 자우림 노래를 홍얼거리잖아. 그 애 핸드폰 액정에 자우림 사진이 있었지. 두 눈을 동그랗게 뜨고 머리를 나부끼며 활짝 웃던 얼굴이었어. 그래서 나는 상요의 시선을 그렇게 피하고 싶었던 걸까? 그 애가 다시 가슴속에 살아날까 봐?

힘들게 묻어 버렸던 기억이 다시 나를 후려친다.

그 애를 처음 만난 건 고1때였다.

봄, 여름, 가을, 겨울. 그렇게 네 계절을 함께 지냈다. 그 이후로 나는 또다시 봄을 맞고 여름을 맞고 가을을 맞고 겨울을 맞았지만, 그 애와 함께는 아니었다.

학기 초, 우리는 첫눈에 서로를 알아보았다. 내성적이었던 나와는 다르게 활달한 아이였다. 스스럼없이 다가와 말을 붙이곤 했다. 피아노를 잘 쳐서 음악 시간에 반주도 했던 재주 많은 애. 빼빼로데이에 초콜릿이 듬뿍 묻혀진 과자를 선물 받은 일이 생각난다. 예쁘게 포장된 빼빼로를 가져온 아이들이 많았는데 그것들은 모두 여자 친구들에게 줄 것들이었다. 그 애가 소중하게 들고 있던 종이 가방. 그 안에도 빼빼로가 있다고 했다.

"아주 소중한 사람한테 주려고."

수줍게 말했다. 아이들은 그 동안 여자 친구가 있었다는 사실을 감쪽같이 속여 왔다며 대체 누구냐고, 어떤 애냐고 집요하게 물었다. 가슴이 뻥 뚫린 것처럼 허전했다. 스테이플러로 잔뜩 찍혀서 열어 볼 수도 없는 종이 가방을 무섭게 노려보았던 기억. 그 날 집 앞까지 나를 데려다 주었던 그 애는 종이 가방을 건네며 쑥스럽게 웃었다. 아무 말도 할 수 없었다. 그 애가 골목에서 사라질 때까지 묵묵히 바라보는 것 외에는. 집으로 들어와 아주 천천히 가방을 열었다. 나한테 가장 소중한 사람, 현이에게. 카드에 그렇게 쓰여 있었다. 나는 내가 소리라도 칠까 봐, 너무 좋아서 끝도 없이 웃어 댈까 봐, 손으로 입을 틀어 막고 방 안을 뒹굴었다.

그리고 함께 스탠드에 앉아 운동장을 바라보았던 기억.

느닷없이 내린 눈이 운동장을 환하게 덮고 있었다. 발자국 하나 나지 않은 새하얀 운동장이 그렇게 예쁠 수가 없었다. 아니, 그 애와 함께여서 눈부시게 아름다웠다. 자율 학습을 알리는 종이 치고 나서도 먼저 일어서자고 할까 봐, 숨소리까지 그 빌미가 될까 봐 조바심을 치며 앞만 바라보았다. 그때 내 차가운 손 위로 따뜻하게 포개지던 그 애의 부드러운 손. 전율. 온몸에 전율이 일었다. 손이 금방 달아날까 봐 꼼짝도 못한 채 그 작은 손을 온몸으로 느끼고 있었다. 한 손만 붙들린 게 아니라 내 몸 전체가 붙들리고 싶었다.

그때부터였다. 원인을 알 수 없는 구토가 시작된 것은. 구토가 일어나는 걸 멈출 수가 없었다. 머리가 깨질 듯 아파 와 아무것도 할 수가 없었다. 뱃속에 있는 위가 아니라 뇌가 문제라는 걸 너무나 잘 알고 있었다. 내 발로 정신과에 간 것이 그때였다.

공부로 인한 스트레스 때문이라고 했다. 의사로부터 신경 안정제를 받았다. 불면증에서 벗어나니 머리의 통증이 가라앉았다. 그래도 구토는 멈추지 않았다. 의사는 상담 치료를 권했다. 처음에는 아무 말도 할 수 없었다. 의사가 상담 시간을 재기 위해 시계를 보는 것조차 상처가 되었다. 의사의 시선을 고스란히 받는 것이 억울하게 생각되어 고개를 들면 나를 바라보는 그 눈빛이 다시 두려움이 되었다. 신경 안정제는 계속 처방되었지만 먹지 않고 모아두기만 했다. 약병에 동그란 알약이 하나하나 쌓이는 것을 보면 마치 앞으로 살 날을 헤아리는 것처럼 서러웠다. 불면증은 다시 시작되었다.

권위적인 아버지를 둔 아이들의 전형적인 증상이라고 했다. 어머니에 대한 연민에서 오는 과도한 죄책감 때문이라고 했다. 그게 내 문제라고 했다. 그것이 내 문제였으면, 이 끊이지 않는 구토의 원인이었으면 하고, 얼마나 바랐는지 모른다.

의사의 눈에서 번쩍 하고 불꽃이 일던 날. 설마하던 눈빛이 확신으로 바뀌던 날. 어떤 말로 시작해야 할지 망설임의 빛이 보이던 날. 그 눈빛 속에서 경멸과 혐오스러움이 언뜻 스쳐 가던 날. 정신과에 다니는 일을 관두었다. 혼자 있으면 두 눈에서 눈물만 줄줄 흘렀다. 두 눈이 퉁퉁 붓도록 울고 나면 피곤에 지쳐 잠이라도 잘 수 있었다. 인정하고 싶지 않던 불안감의 원인이 그 실체를 드러내면서 오히려 구토는 서서히 가라앉고 있었다. 동시에 말수도 점점 줄어들었다. 순간순간 정신적인 공황 상태에 빠졌다.

그 애가 나를 끌어안았던 순간을 잊을 수가 없다. 몸 안에 있는 세포들이 하나하나 살아서 춤을 추는 기분. 몸은 기쁨에 겨워 소리치고 있었다. 얼굴을 어루만지고 머리카락을 쓰다듬다가 다시 어깨로 내려오던 손. 그 손이 목덜미를 거슬러 올라가더니 턱을 살짝 잡아당겼다. 내 눈 가득 들어오던 그 애의 붉은 입술. 그 입술에서 눈을 뗄 수가 없었다. 다른 손이 나의 허리를 감싸 안아 끌어당겼을 때 나는 그 애를 안을까 봐 두 주먹을 불끈 쥐었다. 다시 구토. 힘겹게 그러나 단호하게 그 애를 밀쳐 냈다.

"변태 새끼, 저리 꺼져!"

절망적인 눈동자. 나는 그 애의 눈동자를 지금도 잊을 수가 없다.

"다시는 내 옆에 오지 마!"

그 애는 다시는 내 옆에 오지 않았다. 얼마 뒤 들리던 추문. 남자와 손을 잡고 걸어가더라, 키스했다더라, 잤다더라로 시작된 소문은 눈덩이처럼 불어나 아저씨와 동거하고 있다는 말까지 나돌았다. 대상이 여자였다면 동거한다는 소문까지 나지는 않았을 것이다. 아니, 설령 동거를 한다고 치더라도 누가 뭐라고 했을 것인가? 아이들은 여자와의 경험을 무슨 훈장처럼 생각해서 제 스스로 떠벌리기를 좋아하니까. 그럴 애가 아니라는 것을 누구보다 내가 가장 잘 알고 있었다. 하지만 나는…… 입을 꾹 다물고 있었다.

"친했잖아. 너랑은 아무 일도 없었냐?"

그런 물음에 소스라치게 놀랐던 기억.

추문의 당사자가 내가 아니라는 사실에 안도했던가? 가슴을 쓸어내리며 나의 영악함에 축배라도 들었던가? 가슴이 텅 비어 버린 것 같은 외로움에 쓸쓸해했던가? 스스로를 인정하지 못하는 비겁함에 자조의 웃음을 흘렸던가? 결국 그 애는 전학을 가야 했다. 동성애자들에게 이 사회가 가하는 폭력, 아웃! 무조건 아웃! 옐로카드도 레드카드도 없이 발각되면 처음부터 아웃!

나는 한 마디 말도 건네지 못하고 그 애를 잃었다. 들리는 말에 의하면 전학이 아니라 이민이라고도 했고, 정신 병원에 입원했다는 소리도 있었다. 변. 태. 새. 끼. 바로 나 자신에게 한 말이었다는 걸 그 애는 알았을 것이다. 그것으로 조금의 위로.

한동안 자우림을 듣지 못할 것 같다. CD를 꺼내 서랍 깊숙이 넣었다.

'이제 곧 졸업이야. 그러니까 상요야, 힘내. 제발 부탁인데 너 혼자 힘내!'

나의 비겁함은 여전하다. 고등학교를 졸업한다고 해서 무엇이 그리 달라진다고 이러는 걸까? 졸업을 하고 나면 또 다른 조직 사회가 나를 기다리고 있을 것이다. 괴물 같은 입을 쩍 벌리고서. 슈베르트의 「아르페지오네 소나타」를 틀고 침대에 누웠다.

머릿속에 복잡하게 그려지는 상념들을 몰아내며 눈을 감았다.

어느 틈에 잠이 들었던가.

꿈을 꾸었다. 잃어버린 물건을 찾기 위해 이리저리 왔다 갔다 하다가 베란다로 갔다. 평소에는 이것저것 놓여 있는 물건들이 많았는데 텅 비어 있다. 벽에 붙은 작은 문을 열었다.

보일러실. 물건들이 질서 없이 잔뜩 쌓여 있다. 바닥의 높이가 베란다실과 같았던 것 같은데, 우물처럼 깊다. 아래를 내려다보다 그대로 곤두박질 칠 뻔했다. 간신히 문고리를 붙들어 균형을 잡았다. 먼지들이 뽀얗게 내려앉은 빛바랜 물건들. 오래 된 선풍기, 낡은 앨범, 크고 작은 상자들. 저 상자들 속에는 무엇이 있을까? 손을 뻗으면 상자는 아래로 쑥 내려간다. 얼마나 깊은 걸까? 뛰어내리면 바닥은 있을까? 들어갈 것인가, 말 것인가 망설이다가 잠에서 깨었다.

깨어나고 나서도 꿈은 또렷이 내 앞에 있었다. 희미한 햇살에 떠돌던 먼지며 쾌쾌한 냄새까지 맡아지는 것 같았다. 후닥닥 보일러실로 갔다. 베란다와 같은 높이, 물건들은 그다지 많지도 않다. 상자라곤 찾을 수 없었다. 꿈속에서의 상자들 속에는 무엇이 들어 있었을까?

**내 마음의 상자**

나의 가슴속에는 크고 작은 상자들이 차곡차곡 채워져 있었다

어느 날 폭풍이 쳤다

상자들은 와그르르 소리를 내며 무너졌다

어떤 순서대로 쌓았던 거지?

기억하려 해도 할 수가 없다

내가 쌓은 상자들이 서로를 밀쳐 내며 곤두박질 친다

아귀가 꼭 맞게 쌓아진 상자들이 이리저리 뒹굴며 서로의 몸에 상처를
내고 있다

슬픔의 상자

기쁨의 상자

사랑의 상자

미움의 상자

뚜껑이 열린 상자들은 함부로 괴성을 지르며 몸 속을 탈출하려 한다

닥치는 대로 상자들을 잡아다가 다시 몸 속에 넣고 빗장을 걸어 잠근다

내 가슴속에서 상자들이 튀어나올까 봐 두렵다

나의 슬픔을

나의 기쁨을

나의 사랑을

나의 미움을

남이 볼까 봐 두렵다

# 8
## 죽음은 마지막 보루

엄마에게 새로운 표정이 생겼다.

나른하다고 해야 할까? 느긋하다고 해야 할까? 살며시 미소 띤 얼굴이 그렇게 여유로워 보일 수가 없다.

"너 까칠해 보여."

"예전에는 같이 까칠했는데."

웃음.

"잘 지내고 있는 거지?"

"그럼."

"공부 말고."

"알아."

엄마의 눈이 정. 말. 을 묻고 있다. 무얼 묻는 건지 정말 잘 알고 있어. 나 잘 버티어 내고 있어. 공부. 집중할 것이 있어서 그나마 다행이야.

"여진이라는 애는 아직도 잘해 줘?"

엄마는 둥그런 배를 쓰다듬으며 묻는다. 나도 자연스럽게 엄마의 배로 눈이 간다.

"이상해 보여?"

"귀여워."

"어이구, 이 나이에."

"……"

"잘해 줘?"

"응, 걔는 누구한테나 다 잘해 준다고 했잖아. 요즘에는 상요라는 애가 자꾸 눈에 띄어."

왜 상요 얘기를 꺼냈을까? 누구한테든지 말하고 싶은 기분. 어느 누구에게도 꺼낼 수 없는 이야기.

"상요? 이름이 특이하네. 성격까지 특이한 건 아니지?"

"얌전해. 말도 없고. 근데 너무 말랐어."

"너도 말랐는데, 하긴 여자는 뚱뚱한 거보다 마른 게 더 낫긴 하지. 그래도 엄마는 통통한 애가 보기 좋던데."

당연하게 여자라고 생각하는 엄마. 아니 그렇게 생각하고 싶은 걸까? FM 방송에서는 노래가 끝나고 DJ가 초대 손님과 이야기를 나누기 시작한다.

"말 잘하는 사람 참 많아."

"요즘에는 말짱이 인기잖아."

"말짱? 그거 재밌네."

— 프러포즈했을 때 제일 짜증나는 대답이 뭔지 아세요? 바로, 전 남자한테 관심 없는데요, 라는 말이에요.

유난히 굵은 남자 목소리.

라디오 소리에 신경이 곤두선다.

— 정말 잘해 줬거든요. 도대체 나를 사귈 수 없는 이유가 뭐냐고 물었어요. 그랬더니 울먹이면서 그러는 거예요. 저는 여자가 좋아요.

일순간 쏟아지는 웃음소리.

— 그러면 여자처럼 굴지 그랬어요. 어머나 계집애 그러면서.

다시 승자들의 시끄러운 웃음소리. 모욕을 당한 기분. 수치스러운 마음에 얼굴이 붉어졌다.

"얘기해 봐. 상요라는 애."

"그냥 뭐, 아직 말 안 해 봤어."

"숫기가 없는 것도 아닌데, 너는 어려서부터 그랬어."

"그랬나?"

클래식 방송으로 주파수를 돌렸다.

"아기 상상력 풍부해지라고."

엄마를 보며 씩 웃었다. 내가 너무 과민한가? 아니, 이 사회가
너무 과민하다. 우리는 어려서부터 얼마나 많은 교육을 받는가?
의식이 생기기 전부터 끊임없이 주입되는 사회의 관습, 통념, 문
화, 상식, 도덕이라는 것들. 무의식의 교육은 왜? 라는 질문을 던
지는 것에조차 죄책감을 갖게 한다.

"임신을 해서 그런지 너 가졌을 때가 자꾸 생각나. 처음 뒤집기
했던 날이랑 아장아장 걷기 시작했을 때. 처음으로 엄마, 소리를
했던 때. 참 경이로웠어."

"특별한 점이라도 있었어?"

"엄마들 눈에는 자기 아기가 세상에서 가장 특별해 보이는 법
이지. 네가 태어나고 나서 참 많이 행복했어. 너를 가졌을 때 우울
증에 시달렸었거든. 몰두할 수 있다는 게 참 좋았어. 아니, 몰두할
수밖에 없을 정도로 네가 참 사랑스러웠어. 너도 아기를 가져 보
면 알 거야."

나도 아기를 가져 보면? 가능할까?

아기를 갖고서도 엄마처럼 행복할 수 있을까?

아니, 그것은 한 사람을 불행하게 만드는 일일 뿐이다. 나와 같
이 살 사람.

"어른이 돼서 여자들을 만나 보면 너도 생각이 많이 달라질 거야. 지금은 시큰둥하지만, 그거야 공부에 시달리느라 그러는 것일 테고 말이야."

그렇게 생각하고 계시는 거예요, 아니면 그렇게 생각하고 싶으신 거예요?

목구멍까지 나오는 그 말을 웃음으로 삼켰다.

첩첩산중. 결혼이라는 벽이 있었다는 것을 무시하고 있었다.

방으로 들어와 「흐르는 강물처럼」 OST를 틀었다. 마음이 편안해진다. 살아 있구나, 내가 살아 있어서 이렇게 괴롭구나. 그런 생각이 드니 죽음이 그렇게 나쁜 것만은 아닐 거라는 생각이 든다. 나는 신을 믿는다. 어쩌면 『구운몽』처럼 이승이 지옥인지도 모른다. 지금 벌을 받고 있는지도. 이 생이 끝나고 나면 오히려 현세로 돌아가는 것은 아닐까? 영화 「흐르는 강물처럼」에서 브래드 피트가 낚시하던 장면이 떠오른다. 낚싯대를 가만히 쥐고 숨까지 죽이면서 물고기가 물어 주기만을 기다리는 낚시가 아니라 바지를 걷어붙이고 물 속에 들어가 이리저리 낚싯대를 흔들어 대며 물고기를 유인하던 낚시. 그는 인디언 여자와 사랑에 빠진다. 술집에서 둘이 춤을 추던 아름다운 장면. 그런데 브래드 피트가 어떻게 죽지? 싸움을 하다가? 술을 마시고 차를 몰다가? 아무튼 죽음조차 그다웠다는 생각이 든다. 다른 사람이 보기에 위태위태하고 아슬

아슬했던 삶. 쉽게 손가락질 당하고 비난받았던 삶. 하지만 그는 자신을 잘 알고 있었고 자기 식으로 살아가는 방법을 알고 있었다. 그 누구보다 생을 열정적으로 살았던 그. 누가 뭐라고 하든 그는 자신의 인생을 흐르는 강물처럼 살았다. 나는 강물이 흔들릴까 봐 낚싯대를 흔들지도, 인디언 여자와 사귀거나 싸움을 하지도, 술을 마시지도 않는다.

머릿속에서 생각들이 끊이지 않는다. 차라리 공책을 꺼내 시를 썼다.


**내가 나로 살고 싶어지면**


**이 사회가**
**주는 대로 먹고**
**주는 대로 입고**
**시키는 대로 말하고**
**시키는 대로 행동하다가**
**문득, 이게 아닌데? 너무 불편하잖아, 너무 불행하잖아,**
**하는 생각이 들면 어떻게 해야 하지?**
**예를 들어 근사한 아파트에서 멋들어진 옷을 입고 살고 있었는데**
**팬티만 걸치고 아프리카 초원 같은 데서 살고 싶어지면?**

말을 전부 노래로 바꾸어 하고 싶어지면?

네 발로 걸어 다니고 싶어지면?

그 욕망이 너무 강해서 밤마다 꿈을 꾸고

꿈에서 깨어난 후에 너무 비참해지면?

그러면 어떻게 해야 하지?

지금 그러고 있다면 나는 어떻게 해야 하지?


이게 몇 번째 쓴 시지? 두꺼운 스프링 공책 네 권째다. 지금 쓰고 있는 공책도 몇 장 남지 않았다. 세 번째 공책에 첫 시를 쓰면서 그런 생각을 했다.

'마지막 시를 쓰는 순간 세상이 변해 있었으면 좋겠다.'

네 번째 공책의 첫 장을 열면서 했던 생각도 기억난다.

'마지막 시를 쓰는 순간 내가 변해 있었으면 좋겠다.'

세상은 변하지 않았다.

그렇다면 나는 과연 변했는가?

나는 변하지 못했다. 아니, 좀 더 날카로워지고 예민해져 있는 것 같다. 쉽게 금이 가는 투명하고 얇은 유리잔처럼. 영혼이 내 몸을 뒤흔들고 있는 것 같은 느낌. 왜 이러지? 공부에 대한 스트레스 때문에? 아니면 미래에 대한 두려움 때문에? 아무것도 이룰 수 없을 것 같은 좌절감 때문에?

순전히 내가 예민해져서 그러는 것만은 아니다. 상요에게 자꾸 눈길이 가는 것을 어쩔 수가 없다. 상요가 변했다! 무슨 일이 있어! 잔뜩 경직돼 있던 어깨가 풀어지고 미끄러지듯 흐르던 시선이 정확하게 한곳을 응시한다. 고개를 숙인 채 어깨를 잔뜩 구부리고 적막하게 제자리에서 떠날 줄 모르던 애가 두 눈을 들어 주위를 둘러보는가 하면 아이들에게 말도 시킨다. 쫓아가서 물어 보고 싶다. 상요가 무슨 말을 하더냐고. 간간이 웃기도 한다. 상요는 저렇게 웃는구나. 아이처럼. 창가에 놓여 있는 화분에 물을 주기도 한다. 복도에서 서성거리기도 하고, 화장실에도 자주 간다. 내가 느끼고 있는 것을 다른 사람들도 느끼고 있는지 알고 싶다. 여진이에게라면, 물어 봐도 되겠지.

다음 날 학교에 도착하자마자 상요부터 찾았다. 물론 눈으로만. 학교에 왔구나, 이제는 지각도 하지 않네, 그런 생각을 하고 있는데 느닷없이 상요가 고개를 돌려 나를 바라보고는 익숙하게 웃는다. 마치 오래 된 친구 사이처럼. 당황한 나머지 내 쪽에서 시선을 돌렸다. 여진이를 보았다. 지금은 안 돼.

"너는 참 말이 없어."

여진이가 그렇게 말한 적이 있다.

"지금 하는 건 말이 아니고?"

"내용이 없다고. 너는 네 말도 안 하고 다른 애들 말도 안 해."

그랬는데, 학교에 오자마자 상요 얘기를 한다면 이상하게 생각할 것이다. 점심 시간까지 기다렸다. 여진이는 밥을 먹자마자 카디건을 뒤집어쓰고 책상 위에 엎드린다.

"야, 이여진."

조용히 불렀다.

"여진아."

아직 안 잘 텐데. 엎드린 지 삼 초도 안 지났는데.

어깨를 치며 한 번 더 부르려는 찰나,

"우악!"

얼굴을 바짝 들이밀면서 소리친다.

"깜짝이야!"

"재밌지? 재밌지?"

장난기가 가득하다. 이런 상황에서 상요 얘기를 물어야 하나?

"왜? 왜 불렀어?"

"잘 자라고."

"말해 봐. 왜?"

궁금증이 가득한 눈동자.

"너 어제 못 잤어?"

엉뚱한 소리가 튀어나온다.

"거의. 학원에서 모의고사 봤는데 완전 죽음이었거든. 집안이 발칵 뒤집혔어. 아, 지겨운 입시 지옥."

"밤새 혼났다는 소리야?"

"밤새 공부시키더라. 하룻밤 샌다고 성적이 올라가냐? 분에 못 이겨서 그러시는 거지 뭐."

두 눈에 졸음이 주렁주렁 달려 있다. 상요 얘기를 어떻게 꺼내지? 내가 느끼고 있으면 다른 사람들도 느끼겠지 뭐. 대체 뭘 확인하고 싶은 거야? 상요가 변하지 않았다는 소리를 듣고 싶은 거야? 아무 일도 없다는 소리를 듣고 싶은 거냐구? 그러면 상요한테 직접 물어 보면 될 거 아냐?

나도 모르게 상요에게 눈이 갔다. 책상에 걸터앉은 채 옆자리에 있는 여자 애와 이런저런 얘기를 나누고 있다. 책상에 앉은 모습도 처음 본다.

"왜?"

내 시선을 따라 여진이도 상요를 바라보았다. 그래, 까짓것 뭐. 별 말이라고.

"상요 좀 변한 거 같지 않니?"

최대한 무심한 척하며 물었다.

"글쎄, 모르겠는데."

그래, 내가 과민한 거야. 그런 거야.

"그러고 보니 애들하고 말도 하네."

신기해하는 여진이.

"얼굴이 너무 화사해졌어."

나도 모르게 말해 버렸다. 얼굴에 빛이 난다고 해야 할까? 상요한테만 조명을 비추고 있는 것처럼 환한 느낌.

"화사? 야, 그건 여자 애들한테나 쓰는 말이지."

"사람이 쓰는 말에 여자, 남자, 꼭 그런 걸 구분해야 해?"

"하긴, 나도 누가 예쁘다고 하면 싫더라."

"진실이 아니어서?"

농담으로 한 말이었는데 여진이 얼굴이 발개졌다. 어? 설마 울건 아니지?

"나도 알아. 예쁘지 않은 거."

여진이는 눈가에 맺힌 눈물을 손등으로 문지른다. 귀찮다. 순간적으로 그런 생각이 들었다. 나도 모르게 인상을 썼던가?

"그런 표정 좀 짓지 마. 더 열 받잖아."

억지 웃음.

여진아, 그렇게 애쓰지 않아도 돼.

다시 눈길이 상요에게로 간다. 여진이도 따라서 상요를 보았다. 상요와 대각선으로 앉아 있는 민규와 눈이 마주쳤다.

"요즘에도 영화 보러 다니니?"

"공부하느라고 바쁜데 뭐."

"민규하고는 잘 지내?"

잘 지내라는 뜻으로 한 말이었다.

"무슨 말도 안 되는 소리야?"

여진이 벌컥 화를 내었다.

"나는 남자다운 애는 좋은데, 남자다움을 과시하는 애는 싫어. 민규가 딱 그렇거든. 우리가 뭐, 성별을 골라서 태어난 것도 아니잖아. 여자로 태어났으니까 여자로 사는 거고, 남자로 태어났으니까 남자로 사는 건데, 쟤는 무슨 특권처럼 굴어서 짜증나. 그리고 나는 내가 여자인 게 좋아."

"그렇게 따지면 상요도 마찬가지 아닐까?"

"무슨 소리야?"

여진이는 정말 모르는 모양이다. 내 입으로 또 그 소리를 해야 하나?

"상요, ……그렇다며."

"아, 호모?"

"너는 어떻게 생각해?"

무슨 생각으로 여진이에게 이런 말을 묻는 걸까? 상요를 빌미 삼아 어떤 말을 듣고 싶은 거지? 위험 수위.

"너는?"

내가 먼저 너한테 물었잖아.

"글쎄."

"거 봐. 너도 딱 부러지게 말 못하잖아. 이상하게 호모는 좀 그래. 근데 정말 상요한테 관심 많나 봐?"

"무슨 말도 안 되는 소리야?"

이번에는 내 쪽에서 화를 내었다.

"미안, 미안."

상요한테 관심을 보이면 같은 호모가 되어 버리는 현실. 여자애들과 남자 애들은 사귀지도 않으면서 잘만 어울려서 다니는데, 호모가 호모와 어울리면 영락없이 애인으로 인정되는 현실. 호모들은 연애만 한다는 말인가? 이것도 나의 과민함.

상요에게 어떤 변화가 일어난 걸까?

남은 시간을 죽이기 위해 문제집을 풀면서도 불길한 예감은 떠나지 않고 있다.

너, 무슨 일 있지? 묻고 싶은 마음이 굴뚝같지만 무슨 인내력 테스트하는 것처럼 제자리에서 꼼짝도 하지 않았다. 좋은 일일 거야. 좋은 일. 그러니까 저렇게 밝아졌지. 존재감이 느껴져서 오히려 좋은걸. 들뜬 눈빛만 아니라면, 과장된 몸짓만 아니라면…… 아니, 내가 너무 예민한 탓이다. 상요가 호모라는 것을 안 순간부터 생겨 버린 지나친 관심 탓이다. 거두어야 해. 이 관심을. 그러면서도 눈은 다시 상요에게 간다. 선생님 말을 듣는 것 같지 않다. 혼자만의 세계에 빠져 있는 듯. 순간 상요가 웃었다. 표정 없던 얼굴에 떠오르는 알 수 없는 웃음. 대체 무슨 생각을 하는 거니? 다시 그 애가 떠오른다. 꼭 잡아 주던 따뜻한 손. 안경 너머로 건너다보던 다정한 눈빛. 따뜻하고 달콤했던 숨소리.

"치료법이 없는데."

그때 정신과 의사의 말이 머릿속을 뱅뱅 돌면서 나를 미치게 만들었다. 그래서 소리쳤던 거다. 진심이 아니었다. 그 애가 학교에서 사라지고 난 후 처음으로 죽음을 생각했다. 수면제를 사서 모으기 시작했던 것도 그때다. 비닐 끈을 가방에 넣어 다니기도 했다. 거리를 걸으면서 자살하기 적당한 장소를 물색했던 기억. 그때부터 죽음이란 놈은 불쑥불쑥 가슴을 치고 올라왔다. 죽음을 생각하고 난 후 나는 더 많이 상처받았고 더 많이 좌절했던 것 같다.

밝아진 상요의 모습은 죽음하고는 거리가 멀다. 다행이다. 그러면서도 나는 죽음에서 헤어 나오지 못하고 있다. 마치 마지막 보루인 것처럼. 죽음에 대해 생각하기 시작하면서 신의 존재를 더욱 믿게 되었다. 인간이란 이다지도 나약한 존재일까? 아니, 죽음 이후의 세계가 없다면 너무 억울하다는 생각이 든다. 성경에 보면 '가난한 자여, 너희는 행복하다. 하늘나라가 너희의 것이다' 라는 구절이 나온다. 얼마나 위로가 되는 말인가? 지금은 모든 것이 뒤

틀리고 꼬여 있지만 하늘나라에 가면 모든 것들이 자유로워지지
않을까?


**죽음 이후의 세상**


헐뜯는 당신의 입이 독이 묻은 가시가 되고

미워하는 당신의 가슴이 악취 나는 풀포기가 되고

경멸하는 당신의 눈이 맺히자마자 썩어 버리는 열매가 되는 곳

그곳이 바로 지옥

슬픔에 흘리는 당신의 눈물이 맑은 시냇물이 되고

사랑에 애타 하는 당신의 가슴이 향기로운 꽃봉오리로 피어나고

말 못하는 당신의 입이 아름다운 음악 소리가 되는 곳

그곳이 바로 천국

그러니 지금은 괴로운 당신,

잊지 마세요

신은 공평하다는 것을

# 9
## 상요의 유일한 친구

아기를 가진 지 칠 개월로 들어서자 엄마는 부쩍 힘들어 한다.

"이리 와서 배 좀 만져 봐. 막 발로 차는데?"

하면서 즐거워하다가도

"누가 봐도 임산부지? 얼굴에 이혼녀라고는 안 써 있니?"

하며 자조적으로 말한다.

"학교를 관두고 싶은 마음이 굴뚝같아. 뭐 걱정 마. 굴뚝에서 연기는 피어오르게 하지 않을 거니까."

"많이 힘들어?"

"출퇴근하는 것만 빼고는 괜찮아. 현아, 몸이 아니라 마음이 힘들어. 사람들 눈 때문에."

늘 그렇다. 사람들이 보는 시선. 그것으로부터 자유로워질 방법은 없을까?

"모든 사람들이 다 똑같이 살 수는 없는 거잖아. 나는 엄마가 자랑스러워."

"나도 내가 자랑스러워. 엄마는 고개를 더 빳빳이 들고 다닐 거야. 우리 아기를 기 죽게 할 수는 없지."

엄마는 고개까지 크게 끄덕여 보이며 말했다.

"아빠한테 연락 없니?"

"응."

미리 준비해 둔 말. 아빠 성격에 엄마한테 말하지는 않았을 것이다. 현이가 아주 냉랭하게 대하더라고. 그래서 기분이 아주 나빴다고. 그런 말을 솔직하게 할 사람이 아니니까 태연스럽게 대답했다.

아빠를 평생 동안 안 보고 살겠다는 생각을 한 적은 없다. 아니, 나는 아빠가 잘 지내기를 바랐던 것도 같다. 그런데 교문 밖에 서 있는 아빠를 보자마자 순간적으로 몸을 홱 돌려 버렸다. 며칠 전의 일이다. 그러는 나 스스로에게 얼마나 놀랐는지 모른다. 두려움. 아빠에 대한 두려움이 얼음물을 뒤집어쓴 것처럼 뼛속 깊이 콕콕 박혔다. 교문 밖으로 밀려나오는 아이들과 몸을 부딪치며 운동장으로 다시 들어갔다. 본능적으로 나무 뒤에 숨었다. 가슴은 계속 뛰고 있었다. 검은 바바리코트. 멀리서도 느낄 수 있는 번뜩이는 눈동자. 운동장이 횅해질 때까지 그러고 있었다. 시간이 얼마나 지났을까? 갔을 거야. 기다릴 사람이 아니야. 그런 생각으로 마음을 다독이며 교문을 나섰을 때 다시 심장은 쿵쿵 뛰기 시작했다. 아빠는 그 자리에 계속 서 있었다. 그런데 막상 아빠를 마주 대하자 심장이 차갑게 식기 시작했다. 왜 그렇게 무서워했을까? 웃음이 날 정도로 차분해져서 스스로에게 놀랄 정도였다.

"잘 지내냐?"

"그럼요."

아빠의 얼굴이 상해 있을 거란 기대를 했던 건 아니었다. 하지만 혈색 좋은 얼굴을 보니 허탈했다.

"잘 지내시나 봐요."

"내가 못 지내기를 바랐지?"

이제 아빠의 물음에 대답을 하지 않아도 된다는 것이 너무 좋다.

"핸드폰 번호 불러라."

'싫은데요.'

"다들 번호를 바꾸고 난리야. 내가 잡아먹기라도 해?"

'그렇게 해 오셨잖아요. 아직도 모르세요?'

"그래도 부모, 자식 간인데 연락할 일이 있을 거 아니야?"

'없을 것 같은데요.'

115

"지금 이러는 거 네 손해지, 내 손해 아니다."

'아빠 덕 보려는 생각 없습니다.'

"좋아. 관둬! 나는 충분히 할 만큼 했다. 나중에 후회해도 소용없어!"

나는 아빠한테 마지막 인사를 했다.

"안녕히 가세요. 그리고 이제 우리를 찾지 마세요."

아빠의 얼굴이 벌게졌다.

'때리려면 때리세요. 마지막으로 맞아 드리지요.'

"병신 같은 새끼! 너네 둘이 잘 먹고 잘 살아라!"

아빠가 한 마지막 인사. 아빠는 바람도 불지 않는데 코트 자락이 펄럭일 정도로 씩씩거리며 오던 길을 되짚어 내려갔다. 한숨이 폭 나왔다.

엄마를 신경 쓰이게 하고 싶지 않아서 나 혼자 묻어 둔 기억.

"아빠랑 나랑 사이가 좀 안 좋았어? 그런데 왜? 마음이 약해진 거야?"

아무렇지도 않은 투로 물었다.

"설마 그러겠니?"

엄마가 픽 웃는다.

"얼마 전에 무슨 얘기를 들어서 그래. 네 아빠 결혼한다더라."

"뭐?"

정말 느닷없다. 이혼한 지 얼마나 됐다고 결혼이라니! 그래서 나를 찾아왔던 걸까? 자기 식으로 충분히 할 만큼 하려고? 마지막으로 잘 먹고 잘 살라는 인사를 하기 위해서?

아빠는 엄마를 사랑했던 게 아니었나? 정도가 심한 마초여서 그렇지, 엄마를 사랑하지 않은 건 아니었다고, 방식이 잘못되기는 했지만 엄마를 사랑한다고 생각했는데. 여러 가지 생각들로 머릿속이 뒤죽박죽이다.

"여자가 서른세 살이래. 거기다가 처녀라지."

"……기분이 어때?"

"별 생각 없어. 그냥 그 사람답다는 생각이 들어."

"무슨?"

"이혼 당하고 아웃사이더로 밀려났으니 얼마나 자존심 상했겠어. 체면을 회복하는 가장 좋은 방법. 처녀 장가지 뭐."

엄마는 남 얘기하듯 한다.

"잘 살았으면 좋겠어."

"……"

"부인 될 여자 말이야."

정말 아무렇지도 않아 보여서 너무 다행이다. 임신을 하고 나면 이래저래 감정이 풍부해져서 슬픈 일도 짜증나는 일도 많다던데, 뱃속에 있는 아기는 복덩어리인 게 분명하다는 생각. 아빠가 학교에 찾아왔더라는 얘기를 하지 않은 건 역시 잘한 일이다.

아빠와 함께 살 때도 그랬지만, 엄마와 이혼하고 나서도 아빠를 미워한다는 게 늘 마음 한편에 짐이었다. 아빠가 결혼을 한다니 죄책감에서 완전히 벗어난 기분이다. 이제 속 편하게 미워할 수 있을 것 같다. 한 번도 내게 곁을 두지 않았던 아빠. 어렸을 때는 아빠 앞에 서면 주눅부터 들었고 좀 더 커서는 반항심이 생겼다. 초등학교 5학년 때인가 장염을 심하게 앓았던 적이 있다. 며칠째 물 한 모금 마시지 못하고 사경을 헤매고 있는데 눈앞이 번쩍했다. 아빠의 커다란 손이 머리통을 후려친 것이다. 병실은 어둡고 컴컴한데 사람은 하나도 없었다. 내가 장염에 걸렸다는 사실이 너무나 죄스러웠다. 맹장 수술을 했던 때도 그랬다. 병실에 혼자 있을 때면 아빠가 뚜벅뚜벅 걸어 들어올까 봐 유난히 엄마에게 보채던 기억이 있다. 그런데도 나는 아무 말도 못 했다. 바보처럼. 그러면 엄마도 나를 미워할 거라 생각했던 걸까? 엄마의 동지가 된 후로 아빠의 폭력이 얼마나 허위에 가득 찬 이기적인 행동인지 알게 되었다. 엄마의 동지가 된 후로 참으면 안 된다는 것을 깨달았다.

동지가 있다는 건 참 좋은 일이다. 고등학교를 졸업하고 나면 나에게도 든든한 친구가 생길까? 며칠 전 드디어 상요가 내게 말을 걸었다.

"학교 어때? 재미없지?"

"그렇지 뭐."

나는 상요가 그대로 가 버릴까 봐 눈을 똑바로 쳐다보았다. 나보다 한 뼘은 더 큰 키.

그때였다.

"야, 그러고 둘이 서 있으니까 너무 잘 어울린다 야."

민규다. 마치 기다렸다는 듯이 빈정거린다.

"신경 쓰지 마."

상요가 웃는다.

"그래, 뭐 눈에는 뭐만 신경 쓰이겠지. 나 같은 애가 신경 쓰이겠냐?"

민규는 말은 상요에게 하면서 나를 쏘아보고 지나쳤다. 열이 확 솟구쳤다.

"알아? 너 좀 다른 거."

상요는 내 팔을 잡으며 조그만 소리로 말했다. 재미있는 이야기를 하는 것처럼.

"무슨 소리야?"

그럴 생각은 없었는데 민규 때문인지 말이 거칠게 나왔다. 솟구친 열이 머릿속을 지글지글 태운다.

"하지만 애들은 항상 제일 약한 표적을 찾아. 이 반에서 제일 약한 건 나야. 너한테 그러는 거 아니니까 신경 쓰지 마."

상요는 제대로 전달이 되지 않았다고 생각했는지 어깨까지 툭 치며 씽긋 웃었다.

그 날 이후 상요는 눈이 마주치면 다정하게 말을 걸어온다. 짧은 동안이기는 하지만 상요와 함께 있으면 따뜻해지는 기분이다. 이런 편안함은 어디에서 오는 걸까? 학교에 가는 일이 즐거워졌다. 바로 며칠 전까지 달라진 상요의 모습에 불안해했으면서 지금은 그 달라짐을 즐기고 있다니! 하지만 그것도 잠깐이었다.

"예쁘지 않니?"

상요는 화분에 물을 주면서 말했다.

"이름이 뭐야?"

"글쎄, 국화 종류 아닐까? 이름 같은 건 상관없어. 색깔이 예쁘잖아."

"노란색 좋아하는구나?"

"응. 그리고 숫자는 7을 좋아해."

"왜?"

"나에게 행운이 찾아왔으면 좋겠다, 어렸을 적부터 그런 생각을 하면서 좋아했어."

'어떤 행운을 바랐던 거야?'

"참, 오랫동안 감옥살이를 해 온 것 같아."

상요는 화분에서 눈을 떼지 않고 말했다.

"나는 적응이 안 돼."

"학교 말이야?"

"이 세상."

텅 비어 버린 것 같은 목소리.

"누구한테든 감옥이지."

의식적으로 목소리에 힘을 주었다.

"우리가 갇혀 있는 감옥만 할까?"

상요는 반 아이들을 둘러보다가 내 눈을 들여다보았다. 많은 언어들을 담고 있는 눈. 그 언어들이 순간 와르르 쏟아져 버릴 것만 같다.

'상요야, 아무 말도 하지 마. 나는 아직 준비가 안 돼 있어.'

그런 두려움을 읽은 걸까? 상요는 두 눈을 내리깔고 말했다.

"그래도 감옥을 떠나려고 생각하니 아쉬운 것들이 많네."

무슨 뜻? 차마 물어 보지 못했다.

'좀 더 나중에. 조금만 더 나중에. 상요야.'

"그래, 우리도 이제 졸업이니까."

그 말에 상요가 웃음을 터뜨렸다.

"너는 항상 결정적인 순간에 이성애자 같은 말을 하더라."

머리카락이 곤두섰다. 이. 성. 애. 자. 누가 듣기라도 했을까 봐 가슴이 오그라든다.

마침 수업 시간을 알리는 종이 쳤다. 서둘러 자리로 돌아왔다. 아무도 듣지 못했겠지? 가슴은 다시 두방망이질 친다. 순간 웃음이 나왔다. 헛웃음. 뭐가 그렇게 두려워? 천천히 자리로 가 앉는 상요의 모습이 보인다. 화가 났을까? 아니, 지금 상요가 화가 났을까 봐 걱정하고 있는 거야? 상요는 알고 있다. 내가 자신과 닮은 아이라는 걸. 이쯤에서 상요와도 거리를 두어야 하나? 그런데 왜 꼭 그래야 하지?

'그 애'에게서 도망을 쳤듯이 상요에게서 도망치려는 나를 영혼이 비웃고 있다.

'이제 곧 시험이야. 다른 것을 신경 쓸 여유가 없어.'

— 하지만 상요가 있으니까 외롭지 않지?

영혼이 묻는다.

'그래, 내가 더 이상 혼자가 아니라는 생각. 나를 나로 봐 줄 수 있는 사람이 있다는 게 너무 좋아. 인정해.'

— 그럼 너도 상요한테 네가 갖는 감정을 똑같이 느끼게 해 주어야 해.

'벌써 알고 있을 걸 뭐.'

— 상요는 외롭지 않으려고 너한테 접근한 거야!

'알아, 안다구. 하지만 내가 무슨 일을 할 수 있겠어?'

― 몰라서 묻니?

'고등학교를 졸업하는 것. 그것이 지금 내 목표야.'

― 무사히 졸업만 하면, 네 인생에 아무 일도 일어나지 않을 것 같아? 그러길 바라는 거지?

그래, 그럴지도 모른다. 동성애자라는 것이 드러나면 무조건 아웃. 사회가, 학교가 아웃시키지 않으면 내 스스로 '아웃' 시킬 것 같다는 두려움. 상요가 있으니까 좋으면서도 한편으로는 이런 편안함이 불안하다.

'상요에게마저 나를 숨길 생각은 없어. 하지만 졸업이 얼마 안 남았어. 상요는 여태껏 외로웠고, 앞으로도 잘 견딜 거야. 학교에서 벗어난 후 그때 다가가도 되지 않겠어? 그때 나를 보여도 뭐가 그리 늦을까? 더 잘해 주면 되잖아. 더 잘해 주면……'

영혼의 불쾌한 웃음소리.


그 즈음 상요는 옆구리에 책 한 권을 끼고 다녔다. 화장실에 갈 때만 빼면 밥을 먹을 때나 쉬는 시간에도 상요와 한몸인 것처럼 붙어 있던 책.

"무슨 책이야? 시집?"

"『장자』."

"꿈 속에서 나비가 되었다는 그 장자?"

"응. 내가 나비가 된 꿈을 꾸었던가, 아니면 나비의 꿈 속에 내가 있었던 것일까."

그 말은 하는 상요는 아련해 보였다.

"빌려 줄래?"

이미 다 보았다고 생각했다. 그래서 물어 봤던 건데, 상요는 고개를 가로저었다.

"지금 나의 유일한 친구야."

유. 일. 한.

가슴이 허전했다.

"나를 지탱해 주는 친구이자 스승. 나는 죽을 때도 이 장자 책을 가지고 있을 거야."

죽는다는 것을 어디 여행이라도 가는 것처럼 말하고 있다.

"그럼, 네가 재밌게 본 부분이라도 좀 보여 줘."

따사로운 가을 햇볕이 우리 머리 위로 쏟아지고 있다. 상요는 익숙하게 책을 펼쳤다. 상요의 손가락이 가는 데로 글을 읽었다.


가장 올바른 길을 가는 사람은 타고난 참모습을 잃지 않는다. 그러므로 발가락이 붙었거나 손가락이 하나 더 있는 육손이라도 스스로 불구라고 생각하며 비관하지 않는다. 길어도 남는다고 생각하지 않으며, 짧다고 부족하게 여기지 않는다. 그러므로 물오리는 비록 다리가 짧지만 길게 이어 주면 오히려 괴로워할 것이다. 학의 다리 또한 길다고 그것을 짧게 자르면 슬퍼할 것이다. 본래 긴 것은 자르지 말아야 하며, 짧은 것을 이어서도 안 된다. 남과 비교하며 늘 근심에 잠겨 있을 필요는 없다.

"좋지?"

얼굴이 밝아진 이유가 『장자』 때문이었니? 다른 사람들과 너를 비교하지 않는 경지에까지 오른 거니? 이제 더 이상 동성애자라는 것이 괴롭지 않은 거야? 그래서 이렇게 편안해 보이는 거구?

"또 있어. 내가 가장 좋아하는 부분."

상요는 책을 펼쳐서 나에게 건넸다.

사람은 고기를 먹고, 순록은 풀을 먹고, 지네는 뱀을 먹고, 올빼미는 쥐를 먹는다. 이 넷 중에 어느 쪽이 올바른 맛을 알고 있는 것인가? 암원숭이는 긴 팔원숭이를 짝으로 삼고 순록은 사슴과 교배하며 미꾸라지는 물고기와 노닌다. 모장과 여희는 남자들이 모두 아름답다고 하지만 그녀들을 보면 미꾸라지는 물 속으로 숨고 새는 날아가 버리고 순록은 부리나케 달아나 버린다. 이 넷 중에서 어느 쪽이 아름다움을 바르게 안다고 하겠는가?

"누가 과연 진실을 논할 수 있겠어? 누가 과연 선과 악을, 옳고 그름을 말할 수 있겠어?"

상요는 툭툭 내뱉듯이 말했다.

'무슨 생각을 하는 거니?'

"장자는 모든 것은 상대적이라고 말하고 있어. 절대적인 것은 없다."

상요의 진지함을 흩어 버리고 싶다.

"도가도비상도(道可道非常道). 도를 도라 하면 더 이상 도가 아니다. 노자가 한 말이야. 장자랑 노자는 비슷한 것 같아."

상요가 먼저 일어섰다.

"왜?"

"들어가자. 시간도 다 됐구."

상요는 예전처럼 우울해져 있었다. 이제는 그런 우울이 오히려 낯설다. 상요가 앞서 걸으며 말했다.

"현실과는 너무 거리가 먼 얘기들이야. 이미 기원 전 사람들이 한 말인데도 바뀐 게 하나도 없어."

상요의 어깨가 쓸쓸해 보인다. 문득 상요는 인적이 드문 어두컴컴한 길을 혼자서 터벅터벅 걷고 있다는 생각이 들었다. 기를 쓰고 사람들이 많이 다니는 길로 가려는 나, 나는 과연 죽을 때까지 이 길을 걸을 수 있을 것인가? 하지만 무엇 때문에 그래야 하는 거지?

# 10
## 하얀 국화 한 송이

수업을 마치고 일부러 느리게 책가방을 쌌다.

"같이 가."

여진이다.

"왜?"

"뭐, 그냥……"

그때 상요와 눈이 마주쳤다. 엄지손가락을 세워 밖에서 보자는 눈짓을 한다.

"여진아, 나, 갈 데 있거든."

"오늘은 그냥 나랑 가. 이렇게 꼭 붙어서."

여진이 팔짱을 껴 왔다.

"왜 이래?"

나도 모르게 밀쳐 냈다.

"좋아, 그럼 나란히 걷자."

자꾸 상요에게 시선이 가는 것을 어쩌지 못했다. 오늘따라 여진이가 왜 이러지?

"상요한테 문자 메시지 보내면 되잖아. 약속 장소에서 만나자고."

"……!"

"나는 애들이 너에 대해서 이러쿵저러쿵 쑤군거리는 게 너무 싫어."

"나는 네가 이렇게 오버하는 게 너무 싫어."

여진이는 담임이 어떻고 애들이 어떻고 하는 얘기들을 끝도 없이 늘어놨다. 마치, 말을 멈추면 내가 사라지기라도 할 것처럼. 여진이와 헤어지고 막 횡단보도를 건너려는데 문자 메시지가 왔다.

**뒤를 돌아봐.**

천천히 고개를 돌렸다. 거기에 상요가 있었다. 여태껏 따라온 거야? 반가움이 밀려왔다. 그런데도 나는 주위를 돌아보았다. 혹시 반 애들이라도 있을까 싶어서. 구질구질한 인간 같으니라구!

"무슨 첩보 영화 찍는 거 같다."

"불륜은 아니고?"

우리는 킥킥거렸다. 상요의 제안에 따라 바다를 보러 갔다.

"바다마저 없었으면 정말 돌아 버렸을 거야."

정말 그랬을 것 같다. 동해 바다처럼 맑지 않아도 바람에 따라 이리저리 흔들리며 흘러가는 물결을 보고 있으면 마음이 고요해진다.

"무슨 일 있는 거야?"

바다를 바라보는 상요의 옆얼굴. 쓸쓸한 느낌. 프림을 잔뜩 넣어 커피를 타면 저런 색깔일까? 베이지톤의 살결 때문인지 살아 있는 사람 같지가 않다.

"그냥, 오늘은 너랑 같이 바다를 보고 싶었어."

상요는 바다에 시선을 준 채 말했다.

"내가 게이*인 건 알지?"

상요는 진성이라는 애 한 명한테 말했을 뿐인데, 당연히 전교생이 다 알고 있다고 생각한다. 그리고 그건 사실이다. 무슨 전염병도 아닌데, 호모가 하나 나타나면 난리법석을 떨며 정보를 공유하는 현실. 대답도 못 하고 고개만 살짝 끄덕였다. 상요가 게이라는

---

* '호모'는 19세기 말 헝가리 의사가 의학적으로 고안해 낸 Homosexuality의 줄임말이다. 정신병의 일종이라는 인식으로 만들어진 용어로, 산업화 이후 동성애자를 모멸하는 뜻으로 사용되고 있다. 이러한 '호모'로 불리기를 거부하는 동성애자들이 어두운 이미지를 대체하는 밝은 이미지로써 '명랑한' '쾌활한' '즐거운'이라는 뜻의 Gay라는 용어를 사용하고 있다.

사실을 안다는 게 괜히 미안해진다. 그런데 지금 무슨 말을 하려는 거야? 설마, 너도 게이지? 하고 물으려는 건 아니겠지. 난간을 붙잡는 상요의 손에 힘이 들어가는 것이 보인다.

"얼마 전에 부모님한테 말씀드렸거든."

"게이라고?"

상요야, 왜 그랬어? 설마, 느닷없이 커밍아웃*을 한 건 아니겠지? 계속해서 암시를 준 거지? 그리고 이만하면 되겠다 싶어서 말씀드린 거지? 그런 거지?

"너무 놀랍지 않냐? 진성이하고 그런 일 있은 다음에 다시는 커밍아웃할 일이 없을 줄 알았는데 말이야. 뭐, 일기장이 발각돼서 어쩔 수 없이 하게 된 거지만."

"어떻게 됐어? 뭐라셔?"

마치 내가 커밍아웃을 한 것처럼. 상요의 말에 따라 나의 운명이 결정되는 것처럼 신경줄이 바짝 죄어 왔다.

"부엌칼 있잖아. 그거 되게 크데. 아빠가 칼을 확 집어던지면서 그러더라. 죽어!"

바다에 일고 있는 거대한 풍랑이 내 몸을 확 집어 삼키는 기분.

---

* coming out of the closet. '벽장에서 나오기'의 줄임말로 동성애자 스스로 자신의 정체성을 긍정하고 외부에 자신의 성 정체성을 밝히는 것.

그 안에 빠져 허우적대는 나. 살려 달라 입을 열면 바닷물이 몸 속으로 출렁이며 들어온다. 입 안에 가득한 짠기. 침을 탁 뱉었다.

"괜찮아?"

"어때 보여?"

지금 상요는 웃고 있다. 얼굴에 그늘이라고는 하나도 없다. 어떻게 그럴 수 있지? 상요, 너 지금 무슨 생각을 하는 거니?

"너무 괜찮아 보이지 않아?"

그래서 더 걱정이다. 너무 좋아 보여서. 차라리 인상이라도 써. 괴로워서 죽을 것 같다고 말이라도 해. 그래야 하는 거 아니니? 힘든데, 힘들어서 죽겠는데, 그렇게 편한 얼굴을 하고 있으면 어떻게 해? 뭔가 잘못되고 있어. 너 무슨 생각을 하는 거니?

"속이 후련하더라."

상요는 바다를 보며 말했다.

"세상에 태어나서 그렇게 많이 뺨을 맞아 본 것도 처음이야. 그렇게 맞고 나니까 미안한 마음이 덜 하더라. 근데……"

상요는 말을 멈추고 나에게 몸을 돌렸다. 가만히 내 어깨에 손을 올린다. 그제야 내가 떨고 있다는 것을 알았다.

"왜 맞아야 하는지 궁금했어."

어깨가 덜덜 떨리고 있었다. 그렇게 추운 날씨도 아닌데 왜 이렇게 몸이 떨리는지 알 수가 없다. 가슴속에서 치미는 분노. 분노 때문이었다.

"억울한 생각이 들었어."

상요는 어깨에서 손을 내리고 다시 바다를 바라봤다. 상요의 손을 기억하는 어깨가 몹시 시려 왔다.

"뭐, 지금은 괜찮아."

덤덤한 목소리.

어떤 말이라도 해야 한다는 생각이 들었다. 하지만 아무 말도 할 수가 없었다. 아. 무. 말. 도. 그것이 오랫동안 후회로 남을 줄 알았다면 고집스럽게 입을 다물고 있지 않았을 것이다.


다음 날 상요는 반듯하게 접은 쪽지 하나를 건넸다.

"내일부터 학교 안 나올 거야."

무슨 소리? 이제 겨우 말문을 텄는데.

"네가 나를 어떻게 생각할지 모르겠다."

궁금해하는 게 아닌…… 상요는 조금 들떠 있는 것같이 보였다.

"어디 가니?"

"응, 좋은 데. 근데 좀 멀어."

꿈꾸는 듯한 눈동자.

"근데 왜 이렇게 늦게 말을 걸었어?"

"하하, 그래도 내가 먼저 걸었잖아."

"연락할 거지? 어디를 가든 연락할 거지?"

"네가 진심으로 바란다면……"

상요는 내 눈을 들여다본다.

"너는 잘 살았으면 좋겠다."

"……"

"꼭 좋은 대학에 가야 해."

그렇게 말하고 상요는 가 버렸다.

영. 원. 히.

다음 날 상요의 책상 위에는 하얀 국화 한 송이가 올려져 있었다. 상요는 채 피지도 못하고 죽었는데 국화는 흐드러지게 만개해 있었다.

아. 무. 도. 울. 지. 않. 았. 다.

모두들 너무나 놀라 할 말을 잃었다, 고 생각했다. 너무나 느닷없이 일어난 일이었기 때문에 어찌할 바를 모른다고 생각했다. 하지만 상요의 죽음을 믿을 수 없어서 울지 못한 게 아니라, 진정으로 슬프지 않기 때문에 울지 않은 거였다.

나와 닮은 아이를 또다시 잃었다.

나는 다시 혼자가 되었다.


〈상요가 준 쪽지에 써 있던 글〉

태초에 인간이란 존재는 쌍으로 붙어 있었대. 머리 둘, 팔은 넷, 다리도 넷.

거만한 인간에게 제우스는 '우르르 쾅!' 번개를 내리쳐서 쌍으로 붙은 인간은 '뚝!' 떨어져 나가 머리 하나, 팔 둘, 다리 둘이 되었지. 그때부터 우리의 고난은 시작됐어.

서로 떨어지게 된 인간은 남은 반쪽을 찾아 이리저리 남녀가 만나게 됐고, 어떨 때는 남자끼리, 여자끼리 만나게 됐지. 그게 바로 우리들. 언제나 그늘처럼 존재해 온 우리들. 자연스런 모습인데 그들은 우리들을 멸시하고, 우리들은 분노하고 기가 막혀, 기가 막혀. 나머지 반쪽을 찾겠다는데 뭐가 그리 이상해. 우리들은 지극히 정상이야. 너희들과 약간 다를 뿐이지. 정 우리들이 역겹다면 제우스에게 따져. 오랜 세월 박해 받아 온 우리들. 이제는 희망을 찾아 무지개를 휘날리며 앞으로 나아간다.

우리는 성적 소수자. 제우스의 번개로 내 반쪽 찾아다니는 아름다운 방랑자.*

---

* 2003년 4월 26일 동성애자 인권연대 사무실에서 목숨을 끊은 고 육우당(六友堂)이 그리스 신화를 차용하여 쓴 글.

나는 상요의 장례식에도 가지 못했다.

아무도, 아무 말도 꺼내지 않았다.

한반에서 같이 지내던 아이가 죽었는데, 매일 얼굴을 마주치던 아이가 죽었는데, 죽음은 상요만의 것이었다.

교무실에 가서 담임 선생님한테 장례식장이 어디냐고 물어 볼까? 왜 그러냐고 하면 어떻게 하지? 너 상요하고 친구였나? 하면 뭐라고 대답할까?

에라, 모르겠다. 자리에서 일어서 복도로 나가는데 여진이가 뛰어왔다.

"담임 선생님도 모른대."

"뭘?"

"상요 장례식장 말이야."

여진이가 선생님한테 그런 걸 물었구나. 나 때문에? 아니면 상요 때문에?

"그냥 나는 네가 궁금해할 것 같아서."

얼굴이 굳어졌다.

"고마워. 근데 왜 모른데?"

"담임이 묻기도 전에 그랬대. 아무도 참석하기를 원하지 않는다고. 아무것도 묻지 말아 달라고 했대."

칼을 던지면서 그러데, 죽어!

상요의 목소리가 귓가에 들리는 듯하다. 머릿속에 하나의 광경이 그려진다. 상요는 바닥에 무릎을 꿇고 앉아 있다. 어머니는 등을 돌리고 서 있겠지. 아버지가 상요의 따귀를 때린다. 상요는 그저 묵묵히 맞고 있다.

"다시 말해 봐! 뭐라고?"

"게이요. 게이! 나는 게이라구요!"

말이 끝나자마자 다시 철썩, 철썩, 철썩, 철썩.

화가 머리끝까지 난 아버지는 부엌으로 가서 커다란 칼을 꺼내 든다. 칼날이 시퍼렇다.

"죽여 주마!"

아버지는 상요의 얼굴에 칼을 들이대며 위협한다. 그래도 상요는 움직이지 않는다. 칼을 손에 쥔 채로 이리저리 왔다 갔다 하던 아버지는 냅다 칼을 집어던진다.

"죽어!"

칼은 상요의 어깨를 스치면서 바닥에 굴러 떨어진다.

그만! 그만!

눈물이 나려는 걸 꾹 참았다.

어떻게 남은 시간을 꿋꿋이 버텨 냈는지 모르겠다.

수업을 마치자마자 바다를 보기 위해 전철역으로 갔다. 상요와 둘이서 갔을 때는 몰랐는데 바다는 참 멀리 있었다. 전철에서 내려 버스로 갈아타고서도 한참을 달렸다. 약속 시간에 늦은 것처럼 수시로 시계를 보았다. 버스가 정차하고 문이 채 열리기도 전에 서둘러 내렸다. 희미하게 짠 냄새가 맡아졌다. 바다가 보이기 시작하니 오히려 몸이 굼뜨기 시작했다. 먼지를 일으키며 터덜터덜 걸었다. 어제까지만 해도 상요와 둘이서 어깨를 나란히 하고 바라보던 바다. 바다는 그대로 거기에 있었다. 나는 자꾸 옆을 돌아다보았다. 상요가 어깨를 툭 치며 아는 체를 해 올 것 같다. 아직도 상요의 냄새가 맡아지는 것 같은데, 이제는 더 이상 얼굴을 볼 수도 목소리를 들을 수도 없다는 것이 거짓말 같다.

그 날 본 바다가 상요에게는 마지막이었을 것이다. 마지막으로 바다를 보는 기분이 어땠을까? 나는 친구도 아니었다. 상요야, 나는 아무것도 아니었어. 상요가 잡았던 난간에 손을 대었다. 차다. 손바닥을 밀착시켜 꽉 잡았다. 눈물이 흐른다. 한번 물어 보기라도 하지 그랬어? 너도 게이지? 하고 말이야. 그렇게 갈 거였으면서. 왜 나한테 기회를 주지 않았어? 네가 그렇게 물었다면 나는 어떻게 대답했을까? 우물쭈물거렸을까? 아니, 말할 수도 있었을 것 같아. 정말 말할 수도 있었을 것 같아. 그리고,

네가 있어서 참 다행이야.

우리 영원히 친구 하자.

그러고는 어깨동무라도 하지 않았을까?

나를 좀 나무라 주지 그랬어?

왜 그렇게 살아? 이 비겁한 자식! 하면서 주먹질이라도 하지 그랬어?

상. 요. 입으로 소리 내어 불러 보았다. 가슴이 쿡쿡 쑤신다. 기어코 뜨거운 덩어리가 목구멍을 치고 올라왔다. 꿀꺽 삼켰다. 나는 울 자격도 없는 걸. 뜨거운 덩어리가 가슴속에서 툭 터지는 것 같은 느낌. 슬픔이 온몸에 퍼진다. 결국 눈물이 흘렀다. 한번 흐르기 시작한 눈물은 멈출 줄 모른다.

마지막 인사도 못 했는데. 아니, 너한테 인사를 한 사람이 있기는 한 거니? 잘 가라, 하늘나라에서는 행복해라, 그렇게 축복해 준 사람이 단 한 사람이라도 있기는 했니? 그래서 가는 길이 덜 쓸쓸했니?

너무 짧은 만남이었다. 이럴 줄 알았다면 너마저도 졸업 이후로 미뤄 두지는 않았을 거야. 미루면 안 되는 일이 있다는 걸 왜 몰랐을까?

연락한다고 했잖아. 연락한다고. 그렇게 죽어 버릴 거면서 어떻게 연락을 하니? 내가 아무리 진심으로 바란다고 해도 너는 연락해오지 못하잖아!

지금은 상관없겠지. 너는 벌써 하늘나라에서 행복할 테니까. 슬픔은 이승에 사는 사람들의 것. 실컷 괴로웠으니 실컷 행복하렴.

## 11

## 너는 아직 아무것도 안 했어

상요가 죽은 날부터 입과 귀가 닫혀 버렸다. 귓속에서는 앵앵 모기 소리만 나고 입술은 돌멩이를 단 것처럼 한 번 떼기가 너무나 힘들다. 참고서의 글자들은 한데 뒤엉켜 튀어 다닌다. 해독 불가능. 사람의 모습은 특정 부위가 얼굴 전체를 차지해 버린다. 누군지 판단 불가능. 현관에 들어서자 금방이라도 쓰러질 것 같았다.

"얼굴이 왜 그래?"

"내 얼굴이 뭐?"

손으로 이마를 문지르는데, 땀이 축축하다.

"감기인가 봐."

아무렇지도 않게 말해야 해. 비집고 올라오는 눈물을 꾹꾹 삼켰다.

"얼굴이 하얗게 질렸어. 열은 없는데."

엄마 품에 쓰러져 펑펑 울고 싶었다. 하지만 엄마가 걱정하는 것은 관두고라도 태교에 좋지 않을 것 같아 꾹 참았다.

"쉬고 싶어."

"약 지어 와?"

"아니, 감기약 먹으면 졸려. 그냥 엄마, 나 좀 내버려 둬."

"응, 근데 너 눈빛이 이상해. 애들하고 무슨 일 있었던 거야?"

"엄마……"

"그래, 알았어. 푹 쉬어."

방으로 들어오니 숨통이 트인다. 가방을 던지고 「시카고」의 OST를 틀면서 옷을 벗었다. 스퀴시 시슬로 립시스 팡팡 식스 아 아 팡팡팡.

침대에 벌렁 드러누웠다. 방문이 열리는 소리. 엄마가 뜨거운 수건을 들고 있다.

"잠시만……"

엄마는 내가 뭐라고 하기 전에 입에 손을 갖다 대며 말했다.

"아프면 엄마가 늘 이렇게 해 줬잖아."

엄마는 얼굴이며, 목이며, 손이며, 발까지 꼼꼼하게 닦는다. 편안해진다.

"좋지?"

걱정스러운 얼굴. 일어서려는 엄마를 붙들었다.

"엄마, 나는 참 비겁한 것 같아. 그렇지?"

"아니, 우리 아들은 참 용감하다고 생각하는데."

"나는 만날 감추고만 사는 것 같아."

"현이가 감출만 했으니까 감췄을 것 같은데."

"……"

"기분 좋아지면 무슨 일이었는지 말해 줄 거야?"

"아기한테 안 좋으면 어떻게 해?"

"세상이 험한데, 좋은 것만 보여 줄 수 없지."

엄마는 헝클어진 머리카락을 매만져 주고 나를 한 번 더 본 뒤 조용히 나갔다.

이대로 영원히 잠들었으면 좋겠다는 생각.

아이들이 악의적으로 떠들던 소리가 귓가에 맴돈다.

"대체 왜 죽은 거야?"

"실연 당한 거 아니야?"

"징그럽다 야."

"술집에서 일하다가 학주한테 걸렸다는 소리도 있더라."

"술집? 무슨 술집?"

"호모들이 다니는 술집이겠지 뭐."

"그럼, 남자가 남자를 접대한 거야?"

"아주 별 해괴한 짓을 다 하고 다녔네."

벌떡 일어나 침대에 걸터앉았다. 머릿속에 폭풍이 치고 있다.

비닐 끈이 아직도 있나? 장롱 서랍을 뒤졌다. 서랍 뒤쪽에 돌돌 말린 채로 멀쩡히 있다. 끈을 꺼내 목에 감았다. 그리고 천천히 잡아당겼다. 얼굴로 피가 몰리는 게 느껴진다. 더 이상 숨이 쉬어지지 않을 때까지 힘을 늦추지 않았다. 상요는 이런 고통을 당하면서 죽어 갔겠구나. 상요의 고통을 생각하며 한 번 더 세게 잡아당겼다. 눈알이 튀어나올 것 같다. 손에 힘이 풀려 끈을 놓쳐 버렸다. 그런데도 끈은 생명이 있는 듯 계속해서 목을 조여 왔다. 사지를 버둥거려도 끈은 목을 놓아 주지 않는다.

끈을 풀어. 널 죽일 거야.

상요가 소리친다.

"아니, 나도 죽을 거야. 이 세상은 감옥이야. 무대의 막은 내려져야 해."

나는 분명 꺽꺽거리고만 있었는데 내 목소리가 분명히 그렇게 말했다.

너는 아직 아무것도 안 했어.

"내가 할 수 있는 일은 죽는 것뿐이야. 너무 오랫동안 미뤄 왔어."

네가 해야 할 일은 너를 인정하는 거야.

"인정해. 인정한다구!"

그렇다면 말해. 목숨보다 중요한 건 아무것도 없어. 아무도 널 잃고 싶어 하지 않아.

"그럼, 너는 왜 죽었니? 대체 왜 죽었어? 정말 널 잃고 싶지 않았는데. 왜 죽은 거야?"

상요야, 상요야.

그렇게 소리치며 잠에서 깨어났다.

서랍을 뒤졌다. 비닐 끈이 없다. 꿈 속에서는 분명히 제자리에 놓여 있었는데……

상요가 왔다 간 걸까?

그런 엉뚱한 생각이 들 정도로 꿈이 현실 같았다.

사방이 어둡다. 음악도 끝나 있다. 이제 다시는 상요를 볼 수 없겠지. 엄마가 들어왔었나 보다. 책상 위에 녹차 병이 올려져 있다. 단숨에 들이켰다. 그래, 내겐 엄마가 있다. 그리고 이젠 아기도 있지. 엄마의 아기. 나에게 무슨 일이 생겨도 엄마에게 남아 있을 사람이 있다는 것이 다행이다.

상요는 지금 어떻게 지낼까? 기독교에서는 자살을 하면 지옥에 간다는 교리가 있다는 소리를 들었다. 하지만 죽을 만큼 힘이 들어서 자살을 한 건데 지옥까지 보낸다면 너무하다. 남은 사람이 상처를 많이 받기 때문에 지옥에 가야 한다면 그 또한 상요에게는 해당이 안 될 것 같다. 자기를 낳아 준 부모에게서 죽으라는 소리를 듣는 그 마음이 어땠을까? 지금 상요의 부모님은 슬퍼하고 계실까? 후회하고 계실까?

나는 도대체 무얼 하고 있었나? 상요가 변했다는 사실만 불안해했다. 유난히 환했던 모습. 상요는 죽음을 결심하고 난 후에 밝아진 것이다. 좋은 데 간다고 했다. 좋. 은. 데. 그렇다면 그렇게 고통스럽지는 않았을 거야. 그리고 이제는 한 번도 느껴 보지 못한 편안함과 행복을 누리고 있겠지. 아니, 반드시 그래야 한다.

너. 는. 아. 직. 아. 무. 것. 도. 안. 했. 어.

아직도 귓가에 들리는 듯한 목소리.

그래, 너는 커밍아웃이라도 했어. 그렇다면 나도 그것까지는 하고 죽어야 하는 거니? 조금 더 나아가 사랑이라도 한번 해 보고 죽어야 하는 거니?

살얼음. 인생이 살얼음판을 걷는 것 같다.

시한폭탄. 내 마음속에서 시한폭탄이 재깍재깍 초침을 재기 시작한다.

다음 날, 결석을 했다.

학교에 가면 마치 상요가 결석을 하고 있는 것 같다. 구부정한 어깨에 가방을 메고 특유의 느릿느릿한 걸음으로 지친 듯이 풀썩 제자리에 앉을 것 같은 기분. 상요의 빈자리를 바라보는 것은 너무나 고통스러운 일이다. 담임 선생님이나 반 아이들은 상요가 결석을 했을 때처럼, 처음부터 존재하지 않았던 애처럼 태연하게 말하고 행동한다. 그런 모습을 보는 것도 고역이어서 다음 날도 결석을 했다.

엄마는 걱정스러운 낯빛으로 나를 살피더니 더 이상 참지 못하겠는지 물었다.

"무슨 일인지 말해 줄래?"

"공부 때문에 스트레스 받았나 봐."

미리 준비해 두었던 대답. 그런데 엄마의 눈이 정. 말. 을 묻고 있다.

"마치, 아프고 싶은 것처럼 아프고 있잖아."

"……"

"그때처럼 말이야."

'그때? 어느 때?'

눈으로만 물었다.

"고등학교 1학년 때. 정신과 다니면서 잠도 안 자고 먹지도 않고 그랬어. 아프기로 작정한 것처럼."

"아프고 싶을 때 아플 수 있어서 다행이야."

그랬다. 정신과에 다니는 것을 아빠가 눈치 챌까 봐 엄마가 더 전전긍긍하며 불안해했다. 더 이상 정신과에 가지 않겠다는 말을 듣고 나서 엄마는 카드에 찍혀 있는 기록을 없애기 위해 의료보험증까지 재발급 받았다. 아빠 때문이었다. 엄마는 내 입으로 정신과에 가겠다는 말을 듣고서도 전혀 놀라지 않았을 뿐만 아니라 오히려 엄마가 먼저 권하려고 했어, 하는 말까지 하면서 치료에 적극적으로 찬성했다. 차라리 그때 엄마가 나의 성 정체성을 알아버렸으면 더 낫지 않았을까? 지금은 그런 생각도 든다. 그러면 엄마 품에 안겨서 상요가 죽었다고, 상요가 없어서 너무 슬프다며 펑펑 울 수도 있을 텐데. 그때 엄마는 너무 바빴다. 마음은 아빠로 인해 황폐해 있었고 몸은 학교의 잡무로 지쳐 있었다. 엄마는 그저 나의 끊임없는 구토가 가정 문제라고만, 집단 생활에 대한 거부감 때문이라고만 생각했다. 온전히 내 문제라고는 생각하지 않았던 것이다.

"엄마한테 말하실 거예요?"

의사는 내 눈을 똑바로 마주 보며 말했다.

"너는 어떻게 하고 싶은데?"

"……인정할 수 없어요. 내가 호모라니, 말도 안 돼요!"

"너는 이미 스스로 동성애자라고 인식하고 있어. 그 다음 수순을 밟는 것뿐이야."

"무슨 소리예요?"

"'저항기'라는 소리야. 수용을 하고 나면 편해진다. 구토도 멈출 거야."

"나는 호모가 아니에요."

"성 정체성은 바뀌지 않는 거다."

"일단 저한테 맡겨 주세요."

"그래, 강요할 수 있는 문제는 아니지. 아무리 네가 미성년자라
고 해도, 내가 강제로 커밍아웃 시킬 권리는 없어."

직업적인 말투. 지워지지 않는 낙인을 찍으며 실컷 괴로워하라
고, 괴로워하는 건 네 자유라고 말하고 있었다.


순전히 엄마를 걱정시키지 않기 위해서 학교에 갔다.

보지 말자. 보면 안 돼. 상요의 빈자리에 자꾸 시선이 가려는 걸
꾹꾹 참느라 목이 뻣뻣하고 눈이 아파 왔다. 내 자리만 노려보며
걸음을 옮겼다. 하지만 또렷이 의식되는 상요의 자리. 그런데 이
상하다. 고개를 돌렸다. 없다! 상요의 책상과 의자가 없다. 있어야
할 것이 없는 그 곳에 시선을 주며 자리에 풀썩 앉았다. 상요처럼.
어깨를 구부정하게 하고 고개를 푹 수그렸다. 상요처럼.

'오랫동안 감옥살이를 해 온 것 같아.'

상요는 그렇게 말했다.

'적응이 안 돼.'

나는 아무에게도 말을 못 하고 마음속으로만 말한다.

'우리가 사는 감옥만 할까?'

아이들이 하나 둘 교실로 들어오기 시작한다. 갑갑해지기 시작했다. 일어나서 창가로 갔다. 상요가 물을 주곤 하던 화분. 그간 물을 준 사람이 아무도 없는지 꽃잎이 노랗게 시들어 가고 있다.

'그래, 너도 죽어. 상요도 죽었으니까, 너도 빨리 죽어.'

그런 생각을 하며 꽃잎을 한 장 뜯어 손톱으로 찢었다.

'죽어서 너라도 하늘나라에 가. 상요 옆에서 다시 활짝 피어나.'

눈물이 흐르기 전에 얼른 손으로 닦았다.

"정현!"

여진이가 반가운 체를 한다.

"뭐야?"

입은 그렇게 말하면서 눈은 걱정을 담고 있다.

"많이 아팠어?"

"……"

"전화는 왜 안 받고 문자 메시지는 왜 씹어?"

그 날 이후 핸드폰은 꺼져 있다. 나는 아무런 대꾸를 하지 않았다.

"이 싸늘한 눈빛. 또 아수라 백작 시작이군."

그대로 자리로 와 앉았다.

두통. 두통이 시작됐다. 머릿속에 바늘이 빼곡히 박힌 것 같다.

손바닥으로 누르면 따끔따끔할 정도로. 차라리 잠이라도 오면 좋겠다. 두통이란 놈은 절대 나를 재우지 않는다. 수업 시간은 도무지 끝나지 않을 것처럼 계속되고 선생님이 하는 얘기는 선잠을 자면서 듣는 라디오 방송처럼 알 수 없는 소리로 웅웅거린다.

꼭 좋은 대학에 가야 해.

상요의 목소리.

좋은 대학을 졸업하고 좋은 회사에 취직하고 그 다음에는 뭘 할까? 결혼을 하고 아기를 낳을까? 자식들이 차려 주는 환갑 잔치를 하고 노후에는 그간 벌어 놓은 돈으로 실버 타운에 들어가고? 그러면 행복할까? 남들 사는 것처럼 살면 나도 행복할 수 있을까?

나는 늘 코앞에 있는 것만 생각해 왔다. 그것만 생각해도 머리가 터질 지경이었다. 일단 고등학교를 졸업하고 대학에 가는 것. 그 생각만으로도 벅찼다. 내가 딴마음을 먹을까 봐 너무 멀리는 내다보지 않으려 했다. 피지도 못하고, 제대로 살아보지도 못하고 죽어 버린 상요 앞에서 인생을 생각하게 된다. 부질없다는 생각. 세상은 변하지 않고 나도 변하지 못한다는 생각. 정말 부질없다. 왜 살아야 하지? 엄마가 언젠가 그랬다. 아웃사이더로 밀려나고 나니까 그 동안 왜 그렇게 아등바등하면서 살았는지 모르겠다고. 마음속에 있는 시한폭탄을 터뜨리고 나면, 두 발로 디디고 있는 살얼음판을 깨 버리고 나면 오히려 편해지지 않을까?

상요가 죽고 난 후 영혼은 나의 몸에 완전히 잠식해 들어왔다. 영혼이 만들어 내는 시간은 너무 길다. 아무것에도 몰두할 수가 없다. 거의 십 분 간격으로 시계를 보는 것 같다.

점심도 걸렀다. 수업을 마치고 또 보충 수업. 다섯 시까지 버텼다. 교실을 나서는데 마치 열흘을 산 것 같은 기분. 하루가 그렇게 길 수가 없다. 쉬고 싶다. 쉬고 싶다는 생각. 수능이 코앞으로 다가와 있는데 지금 집에 가면 엄마가 얼마나 걱정을 할까? 결국 도서관으로 갔다. 열람실로 들어가지 않고 종합 자료실로 갔다. 청소년을 위한 도서 목록에 책들이 빼곡하게 꽂혀 있다. 이것들을 읽으면 정말 위로받을 수 있을까? 『노인과 바다』 한때 좋아했던 소설. '인간은 패배하기 위해서 태어난 것은 아니다' 란 문구였던가? 패배가 예정된 삶이 있다면, 그래도 내가 패배하기 위해서 태어난 것은 아니라고 소리칠 수 있을까?

성적이 곤두박질 치기 시작했다.

나는 도무지 아무것도 할 수 없었으므로 그건 너무나 당연한 일이었다. 시험 시간에조차 최선을 다하지 않았다. 막상 공부를 하려고 하면 상요의 말이 머릿속에서 생생하게 울리는 것이다.

꼭 좋은 대학에 가야 해.

무엇을 지키기 위해 이렇게 살아왔을까?

내가 나 자신으로 살아갈 수 없다면 대학에 들어간들 무슨 소용이 있을까? 시? 시를 위해서 대학에 가겠다고? 핑계다. 사람들이 나한테 가하는 불이익을 더 이상 받고 싶지 않아서 만든 핑계거리. 인정해야 한다. 그래서 대학에 가려는 거다. 시는 내가 갖다 붙인 변명일 뿐. 상요가 동성애자라는 것을 말하고 다녔다는 진성이. '그 애'에게 변태 새끼라며 소리친 나와 무엇이 다를까? 아니, 나는 진성이라는 애만도 못하다. 같은 변태 새끼면서 고상을 떨었으니 말이다. 여진이가 이것저것 걱정해 주는 것도 귀찮아지기 시작했다.

"나 동성애자야. 호모라구."

이 한 마디면 나에게서 등을 돌릴 아이. 진실은 외면하고 껍데기만 바라보는 아이에게 무슨 기대를 할 수 있을까? 외로움은 오랫동안 나를 길들여 왔다. 버려지지 않기 위해 택한 외로움이었지만 이제 그것이 나를 지탱하고 있다.

여진이는 자꾸 내 눈치를 보더니 못 참겠다는 듯이 운동장으로 끌고 나갔다. 억지로 스탠드에 앉히고 한다는 소리가,

"정신 좀 차리고 살아."

"……"

"너 유령 같아."

"두 얼굴의 사나이에 아수라 백작에 유령까지."

"농담할 기운은 있는 거야?"

"너는 상요가 죽었는데 하나도 슬프지 않지?"

상. 요. 라는 이름을 입 밖으로 내고 보니 설움이 북받친다. 눈물을 글썽였던가?

"너, 상요 때문에 이러는 거야?"

짜증이 들어 있는 말투.

"뭐, 두루두루. 그냥 사는 게 힘들어."

"요즘에 이상한 소문 도는 거 알아?"

"무슨 소문? 내가 호모래?"

느닷없이, 왜 그런 말이 나왔을까? 그런데 내 말을 들은 여진이 얼굴에 핏기가 싹 가셨다. 눈만 말갛게 뜨고 손톱을 잘근잘근 깨물더니 무슨 말인가 하려다가 만다.

내 입으로 처음 말한 소리, 호. 모. 웃음이 났다.

"어떻게 알았어? 너도 벌써 들었구나? 괜찮아?"

들었냐고? 그래, 예상은 했지. 상요와 함께 스탠드에 앉아 있을 때면 고의적으로 빤히 쳐다보면서 악의적인 웃음을 흘리던 아이들. 복도를 지나갈 때면 어깨를 툭 치면서 험상궂게 노려보기도 했다.

호모한테 호모라고 하지, 뭐라고 하냐?

상요가 죽었다. 이제 아무것도 상관없어.

슬슬 귀찮아지기 시작했다.

"공부하느라고 다들 바쁜 줄 알았는데, 별 희한한 소문을 다 만들고 다니네?"

"공부하느라고 지쳐서 그러는 거지 뭐. 재미있는 일 없나 하고. 다들 너무 심심한 거야."

나를 바라보는 여진이의 눈동자. 아직도 내가 좋은 거니?

"내가 만약에 진짜 호모라면 너는 어떨 것 같아?"

내가 한 말이 이명처럼 다시 내 귀에 들린다.

중학교 3학년 때였다.

"내가 만약에 호모라면 너는 어떨 것 같아?"

세상에서 둘도 없는 가장 친한 친구라고 생각했다. 참 오랜만에 깊은 우정을 나누는 사이라고 생각했다.

"그러면 내가 흠씬 패 줄 거야. 그래서 다시는 호모 짓 못 하게 해야지."

그 이후 나는 가장 친한 친구에게 마음의 문을 닫아 버렸다.

"괜한 질문을 했나?"

"차라리 네가 호모였으면 좋겠어."

내가 지금 무슨 소리를 들은 거지?

"뭐라고?"

"너처럼 평소에 여자한테 관심 없는 애들이 한번 사랑에 빠지면 정신 못 차리잖아. 그럼 나를 거들떠도 안 볼 텐데 그 꼴을 어떻게 참아? 더군다나 나는 너한테 비참하게 차인 경험도 있잖아."

"아직도 맺힌 한이 안 풀린 거야?"

"지금은 아니야. 너랑 커플 안 하길 오히려 잘한 것 같아. 남자애들 조금만 잘해 주면 막 오버하잖아. 너도 남자니까 어떻게 변할지 알아?"

"완전히 이솝 우화의 '신포도'군."

"아니야. 이제는 너랑 커플인 게 상상이 안 된단 말이야. 하지만 다른 여자 애가 너랑 커플인 건 더 상상도 하기 싫어."

순간, 상요의 목소리.

너는 아직 아무것도 안 했어. 말해!

목구멍이 탁 막히는 기분.

너는 아직 죽을 때가 안 됐어. 말해!

머리가 멍해진다.

"나 호모야."

그건 내 목소리가 아니라 상요의 목소리였다. 여진이가 나를 돌아보고 나서야 일 쳤구나 하는 생각이 들었다. 나의 최초의 커밍아웃. 이것으로 죽을 준비가 시작된 것인가?

"꺅!"

여진이 소리를 지르더니 와락 안겨 왔다.

"설마설마했는데…… 신난다!"

찰싹 달라붙은 여진을 억지로 떼어 내었다.

"농담이면 죽는다."

주먹까지 흔들어 보인다. 두 볼을 발그레하니 물들이며 생글생글 웃는 것이 정말 좋아 죽겠다는 표정이다.

"그러니까 너한테 영원히 여자 애인은 생기지 않는 거네?"

"……"

눈까지 반짝반짝 빛난다.

"내가 의리가 좀 세서 여자들하고 경쟁하는 건 되게 싫어하거든."

"남자 애인은 괜찮고?"

"음…… 너한테 사랑하는 남자가 생기면…… 나도 같이 좋아해 버리지 뭐."

"말도 안 돼. 그건 삼각관계도 아니야."

"그래도 좋아."

두 팔을 들어 소리까지 친다.

"현이는 내 남자 친구다!"

얼른 손으로 입을 막았다.

"그러다가 현이는 호모다, 라고 소리치겠다."

"당근, 아니지. 이제 너는 내가 지켜 줄 거야."

"지키긴 뭘 지켜? 너나 잘해."

여진이가 내 마음속으로 푹 들어왔다. 이렇게 생겼구나. 처음 보는 것처럼 여진이 얼굴이 예뻐 보인다.

## 탈출

나는 벽장 속에서 태어나

어둡고 축축하고 좁은 벽장 속에서 살아왔다

누가 나 좀 불러 줘―

마음으로 외치는 소리는 메아리가 되어 돌아올 뿐

벽장은 나를 놓아 주지 않았다

벽장 안에 친구라도 한 명 있으면 얼마나 좋을까?

벽장이 세상이라서 아예 나가지 않으면 얼마나 좋을까?

벽장 속에 곰팡이가 피어나기 시작해

나를 완전히 푸르게 물들여 버린 날

내 몸에 있는 모든 구멍이 곰팡이로 막혀 버린 날

살기 위해 벽장을 탈출하기로 한다

뜨거운 태양이 내 두 눈을 멀게 할 것을 각오하고

사람들의 펄펄 끓는 시선이 내 몸을 녹여 버릴 것을 각오하고

살기 위해 벽장을 탈출하기로 한다

# 12
## 장례식은 살아남은 자를 위한 것

담임 선생님으로부터의 호출.

"지난번 모의고사 말이야. 성적이 이게 뭐야?"

선생님은 마치 더러운 것을 떼어 버리려는 듯 성적표를 이리저
리 흔들어 댔다. 나는 뒷짐을 지고 서서 고개를 푹 수그리고 바닥
만 노려보았다. 상요가 죽은 후로 선생님을 아예 안 보고 지내서
얼굴이 어떻게 생겼는지도 잊을 지경이다.

'상관하지 마세요.'

속으로만 대답했다.

"지방 대학 갈 거야?"

'아예 아무 데도 안 갈 생각이에요.'

"공부 잘하는 놈 하나 들어왔다고 좋아했는데, 무슨 일 있니?"

무. 슨. 일. 선생님은 한 번이라도 상요한테 물은 적이 있는지 묻고 싶다. 대체 무슨 일이 있어서 결석을 한 거냐고, 다정하게 한 번 물은 적이 있는지 정말 궁금하다. 무자비하게 상요를 때리던 인간.

'상요가 죽었을 때 기분이 어땠어요?'

목구멍으로 넘어오는 그 말을 꾹꾹 눌러 삼켰다.

"서울대는 어려워도 연고대까지는 바라볼 성적이었는데, 이것 가지고는 서울에 있는 대학도 어려워. 참 나, 성적이 차이가 나도 어떻게 이렇게 차이가 나."

그러더니 대뜸 묻는다.

"여자 친구 있니? 여자 친구 때문이라면 정신 차려. 세상에 여자 많다."

"……"

"어머니 모셔 와라."

결국 그 소리.

"어머니가 몸이 안 좋으신데요."

"자식 걱정 안 하는 부모 없다. 대책을 세워야지. 대책을."

대책, 무슨 큰일이 났다고 대책까지 세워야 하나? 사람 목숨이 왔다 갔다 하는 것보다 더 큰일이 있을까? 상요는 그렇게 죽어 버

렸는데, 고작 대학에 들어가기 위해 대책을 세운다고? 헛웃음이
났다.

교실로 들어오자마자 책상에 엎드려 버렸다. 머리가 깨질 것 같다.

"선생님한테 많이 혼났어?"

여진이 손등을 톡톡 치면서 묻는다. 고개를 드니 눈앞에 음료수
를 들이민다.

"또 녹차네."

"왜, 싫어?"

"좋아. 그래도 가끔은 딴 것도 먹고 싶은데."

"야! 너는 나한테 한 번도 안 사 줘 놓고 정말 뻔뻔스러워."

그랬나? 늘 여진이한테 받기만 했나? 모르고 있었다.

"너는 뭐 좋아하는데?"

"나는 네가 녹차 마시는 거 보는 거."

"아우, 지겨워."

우리는 마주 보고 웃었다. 참 오랜만에 웃는 것 같은 기분. 차가
운 녹차를 이마에 갖다 댔다. 시원하다. 커밍아웃을 한 후 여진이
는 전보다 더 스스럼없이 대해 준다. 오히려 내가 여진이한테 곤
두서 있었다. 나를 호모로 볼 것 같은 기분. 그래서 내가 하는 행
동 하나하나가 신경 쓰였다. 하지만 그것도 이제는 관두었다. 여
진이가 어떻게 보든 나는 나다. 아니, 그런 기분을 만들고 있는 건

여진이다. 정말 좋은 친구를 하나 얻었다는 생각.

"성적 올릴 거지? 너 충분히 올릴 수 있잖아."

"모르겠어. 학교도 다니기 싫어."

아, 내가 학교에 다니기 싫구나. 여진이에게 말을 하고 나서야 알게 되었다. 아니, 학교를 관둘 결심까지 하고 있다는 것을 느꼈다.

"걱정하지 마. 다닐 거야. 엄마 때문에 다닐 수밖에 없어."

그래, 엄마를 걱정시키는 일은 하고 싶지 않다. 내가 언제까지 엄마 옆에 있을 수 있을까? 그 동안만이라도, 엄마가 나를 필요로 할 때까지만이라도 좋은 아들이고 싶다.

"너한테 엄마 얘기 처음 들어. 하긴, 네가 뭐 나한테 말한 게 있어야지."

"제일 중요한 건 말했잖아."

그 소리에 여진이 살짝 웃는다. 나도 웃었다. 우리의 눈빛이 허공에서 서로 마주친다. 이런 기분이구나. 커밍아웃이라는 것은. 나를 아는 사람이 있다는 건 이렇게 기분 좋은 일이구나.

"상요한테도 너 같은 친구가 있었다면 얼마나 좋았을까?"

"또 상요…… 벗어날 필요가 있어."

걱정스러운 얼굴. 다정한 눈동자. 이제는 여진이가 나를 이렇게 바라봐도 하나도 부담이 안 된다. 고맙기까지 하다.

"어떻게 하면 되겠니?"

'정말 어떻게 하면 될까?'

"상요를 위해서 뭔가를 하면 기분이 좀 나아질까?"

여진이 심각하게 말했다. 분명 농담은 아닌데, 죽은 상요를 위해서 무엇을 할 수 있다는 거지? 상요를 추억하고, 상요를 괴롭혔던 이 사회와 사람들을 미워하는 것밖에 또 무엇을 할 수 있다는 거야?

"장례식."

여진이는 분명히 그렇게 말했다. 장례식이라고.

"너, 장례식 참석 못 한 거 속상해했잖아. 우리끼리 장례식을 다시 하면 어때?"

"우리 둘이?"

"그럼, 또 누구?"

그때 왜 갑자기 진성이가 생각났을까?

"진성이라는 애 말이야. 좀 불러 와 줘."

여진이가 깜짝 놀라는 얼굴을 한다.

"왜?"

"몰라서 묻니?"

"설마, 그런 애하고 장례식을 같이 하자고?"

"걔도 상요가 죽은 거 알 거 아니야. 죄책감 정도는 느끼고 있지 않겠어?"

162

"회개할 기회를 주자는 거야, 뭐야?"

여진이는 얼굴을 잔뜩 찡그렸다.

"아니, 상요가 한때 좋아했던 애라는 의미로."

"진성이 이성애자라는 건 알지? 싫다고 할 것 같은데."

이. 성. 애. 자. 그건 동성애자들이나 쓰는 말인데, 여진이한테 이성애자라는 말을 들으니까 기분이 이상하다.

"네가 원한다면 불러는 주는데. ……근데 말할 거야?"

"뭘?"

여진이 귀에 대고 속삭였다.

"네가 게이라는 거."

"내가 그런 용기가 있었으면 상요를 그렇게 보내지도 않았을 거야."

그런데 호모라고 안 하고 게이라고 하네? 호모가 아니라 게이라고 하니까 내가 더 이상 환자가 아니고 하나의 인간으로 대접받는 기분이다. 아무튼 여진이도 걱정을 하고 있다. 내가 호모라는 사실이 발각될까 봐. 나는 끝까지 이렇게 숨기며 살아야 하나? 하긴, 누군들 물어 봐나 주겠어? 아무도 관심이 없는 걸.

여진이는 자꾸 나를 돌아보며 미적거리더니 교실을 획 나갔다. 잠시 후에 찌푸린 얼굴 그대로 돌아와서는 수업 마치고 교문 앞에서 만나기로 했다는 말을 전했다.

진성이는 대체 어떤 애일까? 상요와 가장 친했던 아이, 그리고 상요를 배신한 아이. 한 번도 상요에게서 진성이 얘기를 들은 적이 없다. 물어 볼 엄두도 내지 못했다. 상요한테 상처가 될까 봐. 어쩌면 내가 상처받는 것이 두려워서 모른 체 지나갔는지도 모르겠다.

수업을 마치고 교문 앞에서 진성이를 기다렸다. 어떤 말로 시작을 해야 할까? 그런 생각을 하고 있는데 남자 애 하나가 다가왔다. 평범해 보이는 애였다.

"얘는 정현이야."

여진이가 말했다.

"나를 왜 보자고 한 거야?"

삐딱한 말투. 나는 진성이라는 애한테서 눈을 뗄 수가 없었다. 짧게 깎은 스포츠 머리. 까무잡잡한 피부. 말할 때 입술이 일그러지는 것까지 다 마음에 안 든다.

"상요 때문에……"

여진이 내 눈치를 보며 말했다.

"상요? 죽은 애 때문에 왜?"

죽은 애. 이제 너한테 상요는 그렇게 불리고 있니? 죽은 애라고?

"말해 봐. 무슨 말을 하는지 들어나 보자."

상요, 너는 저런 애를 친구라고 생각하고 커밍아웃을 했던 거야? 설마했는데, 고작 이 정도밖에 안 되는 애였어? 이런 애라면 장례식을 함께할 가치도 없어. 정말 할 말 없다.

"현아, 내가 말할까?"

그때 진성이 얼굴에 웃음이 떠올랐다. 비열한 웃음. 내게는 그렇게 보였다.

"이름이 낯익다 했더니, 네가 정현이구나?"

팔짱을 끼고 본격적으로 입을 비틀며 웃기 시작한다.

"네가 상요 애인이었다면서? 마지막 가는 길에 사랑은 한번 했네그래."

다음 순간 무슨 일이 일어났던가?

나는 진성이한테 달려들고 있었다. 얼굴에 주먹을 날리고 무릎을 발로 찼다. 진성이는 힘없이 뒤로 넘어졌다. 널브러진 진성이 배 위에 올라타 쉴 새 없이 주먹질을 했다. 내 주먹이 지나가는 데로 얼굴이 홱홱 돌아갔다.

"현아, 그만 해!"

"개새끼! 너도 죽어 봐!"

"그만 하라구!"

"나쁜 새끼! 그러고도 네가 한번이나 친구였어?"

"야! 정현!"

여진이가 나를 억지로 일으켜 세웠다. 정신을 차리고 보니 진성이는 죽은 듯 누워 있다. 그리고 나는 똑똑히 보았다. 피가 범벅이 된 얼굴 사이로 흐르는 눈물. 분명 눈물이었다. 아직도 씩씩대고 있는 나를 여진이가 막아 섰다.

"현아, 가자. 그만하면 됐어."

어느 틈에 모였을까? 아이들이 빙 둘러싸고 있다. 여진이가 팔을 잡아 끄는 대로 걸음을 옮겼다. 그때였다.

"씨팔, 됐냐? 이제 됐냐고? 이제 속 시원하냐고?"

진성이가 소리치고 있었다. 꼼짝 않고 누운 채 두 팔만 버둥거리며 외쳐 대고 있었다. 그건 나한테 하는 말이 아닌 것 같았다. 진성이의 피가 묻은 소매를 바지에 문질렀다.

우리는 아무 말도 하지 않고 걸었다. 여진이가 아무 말도 시키지 않아서 다행이었다. 얼마나 그렇게 걸었을까? 발이 지치기 시작했다. 걸음이 느려졌다. 우리는 버스 정류장에 있는 의자에 앉았다.

"상요가……"

목이 메어 말이 잘 안 나온다. 여진이가 손으로 등을 쓸어 주었다. 그러니까 마음이 좀 진정되었다.

"상요가 죽기 전날 함께 바다에 갔었어."

"……"

"상요 알고 있었어. 내가 게이라는 걸. 근데 물어 보지 않았어. 상요는 내가 먼저 말하기를 바랐던 걸까?"

"현아……"

여진이는 무슨 말인가 하려는 듯싶더니 달려오는 버스에 눈길을 주었다. 내리려는 사람이 없는지 버스는 그냥 지나쳤다. 뿌연 먼지가 피어올랐다.

"왜?"

여진이는 잠시 나를 빤히 바라보았다.

"너 아까 굉장했어. 두 얼굴의 사나이는 역시 무서워."

여진이는 권투 선수처럼 주먹을 쥐더니 나를 치는 시늉을 하며 말했다. 여진이의 가장 큰 장점. 심각이란 이름의 늪에 빠져서 허우적거리고 있을 때 가볍게 나를 건져 낸다. 나도 여진이를 따라 웃었다.

"근데 알아? 진성이 일부러 맞고 있었어. 마치 작정한 것처럼 맞기만 했어."

그랬다. 진성이. 말은 거칠게 하고 있었지만 속은 그렇지 않았던 거야. 아니, 일부러 맞으려고 의도적으로 빈정거렸어. 왜? 왜 그랬던 거야? 상요야, 너는 다 알고 있지?

"진성이 나쁜 애는 아니야…… 실은 개도 게이라는 소문 있었어. 하도 상요하고 어울려 다니니까. 그런데 의견이 분분했어. 상요야 그냥 보기에도 여자 같은 데가 많잖아. 진성이는 생긴 것도 딱 남자니까."

여진이 말했다.

상요와 진성이. 무슨 일이 있었던 걸까? 그래, 나쁜 애였다면 상요, 네가 커밍아웃을 하지도 않았겠지. 잠시 착각하고 있었다. 네가 참 좋아한 친구였다는 걸. 무슨 사정이 있었던 거야. 네가 게 이라고 말할 수밖에 없었던 어떤 사정이. 왜 그것까지 생각하지 못했을까?

"이것으로 장례식 전야제는 잘 치른 셈인가?"

여진이 어깨를 툭툭 친다. 그래, 장례식을 해야지. 그 말을 하려 는데 여진이 엉뚱한 소리를 했다.

"내 보디가드로 딱이야. 쌈질 끝내주더라."

"너를 보디가드 할 일이 뭐가 있다고?"

"뭐라고? 그건 네가……"

여진이는 그 다음 말은 아주 작게 했다.

"게이니까 여자 보는 눈이 없어서 그런 거야."

"뭐라고? 네가 여자냐?"

우리는 티격태격 말싸움을 하며 간혹 웃음을 터뜨리기도 했다.

상요야, 우리는 살아서 이렇게 웃는데 너는 어떻게 지내? 너는 더 많이 웃고 지내지? 문득 상요는 이미 잘 지내고 있을 텐데, 장례식을 하는 게 무슨 의미가 있을까? 그런 생각이 들었다.

"진성이 말이 맞을지도 몰라. 상요는 이미 죽었잖아."

"그래서?"

"지금 와서 장례식을 하는 게 무슨 소용이 있을까?"

나는 여진이를 돌아보지도 않고 말했다. 상요는 화장을 했을 것이다. 어린 나이에 죽으면 무덤을 만들지 않고 화장을 한다고 들었다. 그건 무덤을 돌보아 줄 사람이 없기 때문이다. 화장을 하고 나면 뼛가루를 바다에 뿌리던데, 상요도 그랬겠지? 상요의 몸이 바다 어디쯤 하얗게 흩어져 내리는 모습이 눈에 그려진다.

"그건 네가 장례식을 안 해 봐서 그래."

여진이답지 않게 무뚝뚝한 말투.

"나…… 중학교 2학년 때 아빠가 돌아가셨어."

처음 듣는 얘기다. 너무 밝은 애라 그런 일이 있을 거라고는 생각도 못했는데……

"교통 사고였어. 아침에도 아빠를 보았는데 그 날 저녁 아빠는 더 이상 볼 수 없는 사람이 되어 있었어. 마지막 인사도 하지 못하고 우리는 그렇게 아빠를 보내야 했어. 너무 억울했어."

"힘들면 얘기하지 않아도 돼."

"아니야, 이제는 괜찮아."

여진이 눈에 눈물이 맺혔다.

"장례식 동안 엄마는 한잠도 안 잤어. 나는 아빠를 잃은 게 실감도 안 나고, 엄마마저 병이 날까 봐 걱정이었어. 근데 엄마가 그러셨어. 아빠한테 할 얘기가 너무 많다고, 그래서 잠을 잘 수가 없다고. 나는 그랬지. 아빠는 이미 하늘나라에 있는데 무슨 말을 듣겠냐고. 엄마가 말했어."

"여진아, 영혼이라는 건 머리로 설명할 수 없는 거야. 아빠는 이미 하늘나라에 있어. 사고로 형체를 알아볼 수 없을 정도로 부상을 당했지만, 하늘나라에서는 몸에 티 한 점 없이 건강하게 계실 거야. 물론 행복하시겠지. 착하게 사셨으니까. 하지만 아빠의 영혼은 여기에도 있어. 그건 엄마랑 네가 아빠를 아직도 많이 사랑하고 생각하기 때문이야. 영혼은 사십구 일 동안 땅에 머물러. 자기 때문에 슬퍼할 사람들을 위로해 주려고 말이야. 슬퍼하는 사람이 없을 때 영혼은 빨리 떠나기도 해. 하지만 너무 오랫동안 슬퍼하면 사십구 일이 지나도 떠나지를 못한대. 엄마는 지금 참지 않으려고. 왜 그렇게 빨리 죽었냐고, 많이 원망하고 미워해야 할 것 같아. 아빠한테 실컷 투정을 하고 또 아빠의 위로도 충분히 받아야 사십구 일이 되었을 때 아빠를 떠나 보낼 수 있을 것 같구나."

"엄마는 무슨 작정을 한 사람처럼 슬퍼했어. 다른 사람들 시선은 아랑곳하지 않고 목놓아 울다가는 중얼중얼거리기도 하고, 소리를 치기도 하고. 장지에 갔을 때는 실신하는 게 아닐까 싶을 정도로 제정신이 아닌 모습이었어. 나는 그런 엄마 때문에 슬퍼할 겨를도 없었어. 살아 있을 때 엄마랑 아빠랑 그렇게 사이가 좋은 편이 아니었거든. 엄마는 그게 많이 후회가 됐었나 봐. 좀 더 잘해 주지 못한 거. 좀 더 참지 못한 거. 그런 게 다 원망으로 사무쳐서 그렇게 괴로워하셨던 거야. 엄마는 끝까지 아빠의 영혼이 우리를 보고 있다고 믿었어."

"여진아, 엄마는 너무 괴로워. 이렇게 괴로워하는 걸 아빠가 다 보고 있겠지 생각하니까 미안한 마음이 그나마 덜어지는 것 같구나. 어쩌면 장례라고 하는 건, 사십구 제니 뭐니 하는 건, 살아남은 사람을 위한 건지도 몰라. 실컷 슬퍼하라고. 실컷 괴로워하라고. 그래서 영혼에게 충분히 위로받으라고."

"엄마 말이 맞아. 살아남은 사람을 위한 의식 같은 거. 떠나 보낼 준비를 시키는 거야. 그런 걸 하지 않으면 죽은 사람이 아직도 어딘가에 살고 있어서 눈앞에 나타날 것 같거든. 부재(不在)를 받아들이라는 의식. 그리고 슬퍼할 수 있는 시간을 주는 거야."

말을 마친 여진이 나를 돌아다보았다. 콧등이 발갰다.

"상요, 사랑했니?"

여진이 물었다.

"상요는 친구였어. 내가 처음으로 마음을 연 친구. 아주 편한 진짜 친구."

그런데 그것만은 아니었다. 상요의 죽음에 대해서 내가 이렇게
까지 분노하고 있는 것은 단지, 친구가 죽었다는 것. 그것 때문만
은 아니었다. 어쩌면 나는 상요를 보면서 나를 보고 있었는지도
모른다. 상요의 죽음이 마치 나의 죽음인 것 같은 생각. 그래서 더
억울하게 느껴졌는지도. '패배하기 위해서 태어난 것'에 대한 분
노. 상요는 죽었는데 세상은 아무것도 달라진 것이 없다는 것에
대한 분노. 나는 상요의 죽음을 좀 더 많은 사람들이 함께 슬퍼했
으면 좋겠다는 생각을 하고 있었다. 과연 누가 슬퍼할 것인가? 동
성애자의 죽음에 대해서.


### 살아남은 자의 변명


**세상의 끈을 놓아 버렸을 때**
**미움도**
**사랑도**
**희망도**
**열정도**
**다 사라져**
**너는 그토록 밝은 웃음으로 세상 앞에 다시 섰다**
**나는 너의 밝음에 속아 넘어가**

마주 내민 손을 잡고

눈빛을 나누며

노래를 부르고 춤을 췄다

이제 곧 네가 저세상으로 간다는 것을 알았더라면

너와 함께

사랑하고 미워했을 것을

열정적으로 새 세상을 희망했을 것을

# 13

## 상요야, 이젠 행복해야 해

"담임 선생님 만나고 왔어. 현아, 엄마가 너를 너무 돌보지 않은 것 같아."

학교에 다녀온 엄마는 그렇게 말을 떼었다.

"이혼하기 전에는 네 아빠 때문에 그리고 지금은 아기를 핑계 삼아 이러고 있으니 어떻게 하니?"

"……"

"그래도 엄마가 너 많이 믿고 의지하는 거 알지?"

의지까지는 하지 말지.

"그걸로 충분해."

최대한 편안한 얼굴을 지어 보이며 대답했다.

"……성적이 너무 많이 떨어졌더구나. 그보다, 상요라는 애 말이야."

절망적인 엄마의 눈동자. 나의 시선은 엄마의 불룩한 배로 간다. 팔 개월째로 접어들었다. 이제 두 달만 있으면 새로운 아기가 태어난다. 그때까지만…… 그때까지만……

"……남자라며?"

머리 위에서 번개가 친다.

제우스가 번개를 '꽝!' 내리쳤지. 그래서 사람은 나뉘어졌어. 머리 하나, 팔 둘, 다리도 둘. 사람들은 찢어진 반쪽을 찾아 다녔지.

엄마를 바라볼 수가 없다.

"……자살했다며. 생각해 보니, 네가 많이 아팠던 그 즈음이었던 것 같아."

남자가 남자를 만나기도 하고, 여자가 여자를 만나기도 하고, 남자와 여자가 만나기도 했어. 우리가 역겹다면 제우스에게 가서 따져.

상요의 목소리가 들린다.

아빠가 칼을 던지면서 그러데. 죽어!


엄마, 나는 아니야. 나는 그냥 아팠던 거야. 상요가 죽은 거랑

175

내가 아팠던 거랑은 아무 상관없어. 지금 오버하는 거야. 담임이 뭐라고 말했는데? 애들이 뭐라고 말하든 상관하지 마. 상요랑 나랑은 그냥, 그냥 친구였던 거야. 아무 일 없었어. 정말 아무 일도 없었어.

너는 아직 아무것도 안했어.

무엇을 해야 하는데? 나는 아무것도 할 수 없어. 나는 절대 말할 수 없어. 내 입으로 절대 못해. 엄마를…… 엄마를 실망시키고 싶지 않아. 엄마는 이미 충분히 괴로웠어. 내가 살아 있는 동안에는 엄마를 슬프게 하고 싶지 않아. 나만 부정하면 되는 거야. 그러면 엄마는 행복할 거야. 나만 참으면…… 나만 참으면 되는 거야.

몸이 사라져서 없어져 버렸으면 좋겠다. 내 존재 자체가 없어져 버렸으면 좋겠다. 엄마, 왜 나를 낳았어? 낳으려면 좀 제대로 낳아 주지. 엄마한테 부끄러운 아들이 되고 싶지 않았는데, 정말 그러고 싶지 않았는데 이제는 어쩔 수가 없어.

"상요라는 애 호모 아니, 게이였다며……"
제우스한테 따지란 말이야.

"근데 그게 왜?"

"엄마한테 할 말 없니?"

"……"

'없어. 없다구! 내가 왜 말해야 해?'

"그때부터 성적이 떨어진 것 같아서. ……별일 없는 거니?"

"……"

"너무 잘 커 주어서 엄마가 항상 고마워하고 있는 거 알지? 현이 많이 믿는 것도 알지?"

"……"

"그래, 그럼. 나중에 하고 싶은 말이 있으면 그때 해도 늦지 않겠지."

'무슨 말? 무슨 말을 듣고 싶은 건데?'

머릿속에 스위치가 있어서 불이 탁 꺼진 기분.

"공부 열심히 할게. 엄마는 아기만 신경 써."

"그래, 병원에 다녀왔어. 좋은 소식하고 나쁜 소식이 있는데 어떤 것부터 들을래?"

머릿속이 웅웅거린다.

"뭐라고?"

"……"

엄마가 나를 빤히 바라본다. 내 속을 훤히 들여다보고 있는 기분.

"좋은 소식부터. 현이한테 여동생이 생겼어."

"아! 말이 씨가 됐네."

"그런데 아기가 달수가 되기 전에 나올 것 같대."

"그럼, 나쁜 거잖아."

"꼭 그렇지도 않아. 달수보다 중요한 게 아기 몸무게거든. 내가 좀 잘 먹었니? 다 현이 덕분에 말이야."

"그럼, 별일 없는 거야?"

"그러기를 바라야지."

엄마는 걱정스러운 얼굴이다. 아기 때문이 아니라 나 때문에 걱정스러운 얼굴. 엄마는 무슨 말을 듣고 싶었을까?

"학교는 계속 나갈 거야?"

"산달이 다가오면 가만히 있는 것보다 몸을 좀 움직여 주는 게 나아. 진통도 잊을 수 있고, 두려움도 잊을 수 있고."

"두려워?"

"그럼, 하나의 생명이 태어나는 건데…… 아기 이름은 현이가 짓는 거다."

"왜?"

"생명을 만드는 데 현이 몫이 컸어. 네가 없었다면 엄마가 얼마나 힘들었을까?"

나를 바라보는 엄마의 눈에 눈물이 맺힌다.

방으로 들어와 침대에 벌렁 누웠다.

엄마를 보면 감을 잡을 수가 없다. 뭔가를 아는 것도 같고, 어떨 때 보면 상상조차 하지 않는 것 같다. 후자겠지. 라벨의 「볼레로」를 틀었다. 단조로운 멜로디. 같은 리듬이 계속해서 반복적으로 연주된다. 타타타타 타타 타타타타 타타타타타타타타. 십오 분이 라는 긴 연주 시간 동안 작은북을 치는 횟수가 천 번이 넘는다. 단한 번의 실수도 있어서는 안 된다. 플루트, 오보에, 클라리넷이 한가롭게 화음을 내는 동안 작은북은 쉴 새 없이 제 몸을 두드려야하는 것이다. 긴장의 연속. 팔에 조금이라도 힘이 들어가거나 힘이 빠지면 연주 전체를 망치게 된다. 처음부터 끝까지 한결같은 속도로 타타 타타타타 타타타타타타타타 타타타타 지금 내 귀에는 작은북을 치는 소리만 들린다. 눈을 감았다. 상요……가 양 손에 채를 쥐고 북을 치기 시작한다. 표정 없던 얼굴이 일그러진다. 손에 힘이 들어간다. 박자가 어긋나기 시작한다.

왜 맞아야 하는지 궁금했어.

손목이 꺾인다.

정지.

상요는 내 눈을 똑바로 쳐다보고 북을 던진다. 어느 결에 내 손에 북채가 있다. 그리고 작은북이 된 상요.

179

억울하다는 생각이 들었어.

이번에는 내가 양 손에 채를 든 채 의무적으로 북을 두드린다. 북을 두드리면 상요가 신음한다. 북을 두드리면 상요가 운다. 채를 놓고 싶어도 팔은 말을 듣지 않는다. 상요가 괴로워하는 것을 듣지 않기 위해서 내가 더 크게 운다.

눈을 떠 보니 얼굴에 눈물이 홍건하다. 꿈이라는 것을 알면서도 울음은 멈춰지지 않았다. 목구멍에서 켁켁 하는 소리까지 난다. 「볼레로」는 계속해서 돌아가고 있다. 가슴이 터질 것처럼 조여 와서 얼른 음악을 껐다. 손등 위로 눈물이 뚝 흐른다.

상요, 너는 어떻게 부모님에게 게이라고 말할 수가 있었니? 그런 용기는, 아니 객기는 어디에서 나온 거야? 내가 입을 꾹 다물어 버리는 건, 정말 엄마에 대한 사랑 때문일까? 진정으로 엄마를 걱정시키지 않기 위해서, 과연 그것이 전부일까? 엄마에게마저 내처지고 말 것 같다는 두려움. 그러면 정말 스스로를 아웃시킬 수밖에 없을 것 같다는 좌절감 때문이라는 걸 왜 이렇게 인정하기가 힘들까? 상요, 나는 살고 싶은가 보다. 요즘에는 가끔 웃기도 해. 여진이와 함께 너를 위한 장례식을 하기로 했어. 너는 이미 하늘나라에서 잘 살고 있다는 거 알아. 이건 우리를 위한 거야. 아니, 정확하게 말하면 나를 위한 거지. 나에게는 너를 보내기 위한 의식이 필요해. 그걸 가르쳐 준 것도 여진이야. 네가 살아서 우리 함께 어울릴 수 있었다면 얼마나 좋았을까? 처음부터 어긋나게 태어난 사람은 이렇게 끝까지 질퍽거리며 살 수밖에 없는 걸까?

다음 날 학교가 파하고 도서관에 들르지 않고 곧장 집으로 왔다. 벌써 늦은 시간이지만 하루를 시작하는 기분으로 헤드윅의 「Angry inch」를 틀었다. 무대 위를 거칠게 뛰어다니는 헤드윅의 모습이 눈에 보이는 듯하다. 여진이와 약속한 시간은 일곱 시다. 상요가 좋아했던 숫자 7. 나도 헤드윅처럼 웅크리지 않고 내 잘못이 아니라고, 이런 나를 그대로 받아들이라고 소리치면서 살면 얼마나 좋을까? 마룻바닥에 드러누웠다. 오늘따라 집이 넓게 느껴진다. 찬 기운이 올라오는데도 잠이 밀려왔다. 밤에 숙면을 취한 지가 언제인지 모르겠다. 잠이 들었나 보다. 멀리서 희미하게 들리는 소리. 귀찮다. 돌아눕는데 소리가 귓가에서 찌렁찌렁 울린다. 핸드폰 벨소리. 아!

"문 열어. 이 나쁜 갈비씨!"

여진이다.

"미안, 깜빡 잠이 들었어."

"집에서 빠져나오느라고 얼마나 힘이 들었는데, 잠이나 자고. 우씨."

"뭐라고 하고 나왔어?"

"공부한다고 했지. 뭐라기는 뭐래. 우리가 써먹을 수 있는 방법이 그것밖에 더 있어?"

시계를 보니 정확히 일곱 시.

지금부터 상요의 시간이다.

동그란 테이블에 무지개 빛깔로 색칠한 도화지를 꺼내 덮었다. 그 위에 액자에 넣은 상요의 사진과 빨간 촛불 두 개, 국화 한 다발, 그리고 며칠 전 서점에서 산 『장자』 책을 놓았다. 성냥을 그어 초에 불을 붙이니 상요의 얼굴이 환하게 빛난다.

우리는 일어나 절을 했다. 두 번 반. 그때 초인종 소리가 났다. 깜짝 놀라서 여진이를 바라봤다. 여진이는 씽긋 웃더니 반갑게 달려나가 제 집인 것처럼 문을 연다.

진성이!

"어서 와. 안 오는 줄 알았어."

진성이는 현관에서 쭈뼛거리며 들어올 줄 모른다. 그 날 빈정거리던 모습과는 영 딴판이어서 마치 다른 사람 같았다.

"혹시 안 올까 봐 현이 너한테는 말하지 않았는데…… 야, 빨리 들어오라고 해. 네가 집주인이잖아."

"……응, 어서 와."

진성이는 그제야 신발을 벗고 들어섰다. 손에 종이 가방이 들려 있다. 진성이는 아무 말도 없이 가방에서 이것저것 주섬주섬 꺼냈다. 그리고 테이블에 하나씩 조심스럽게 올려놓았다.

넓은 접시에 잘 구워진 크로와상이 수북이 올려지고 그 옆으로 동그란 사기 컵에 녹차가 따라졌다. 반듯하게 접은 보라색 손수건, 그리고 조그만 플라스틱 성모상과 묵주.

진성이는 일어서더니 절을 했다. 두 번 반.

그러는 진성이를 보느라고 다음 순서를 잊고 있었다. 호주머니에서 시를 접은 종이를 꺼내려는데 진성이가 말했다.

"내가 시를 지었거든. 상요를 위해서."

나는 슬그머니 종이를 호주머니로 밀어 넣었다.

이제 본격적으로 겨울이 오려는지 세찬 바람이 창문을 흔들고 있다. 진성이가 시를 읊기 시작했다. 창문이 흔들리는 소리가 마치 낭송에 장단을 맞추는 것 같았다. 사방은 어둡고 상요만이 환하게 빛나고 있다.


**고 상요에게**[*]


**시간은 지나**


**하얀 아픔은**
**너의 푸른 나이처럼**

연둣빛 녹음으로

찾아와


핏빛 너의 몸은

어린 녹빛 되어

너를 되뇌이고

너를 기억하고


문득문득

떠올릴 슬픔조차

희미해질 때

그때······


너의 귀에서 반짝이던

아픔들이

되뇌여지지 않을 시간을 위해


너는 가고

우리는 남고

슬픔은 가고

열정은 남아

그래도 남겨진 더 많은 너를 위해

희망으로 우려 낸
녹차 한 잔
우리의 맘으로 이어 놓은
묵주 한 단
슬픔을 가려 줄
파운데이션
허한 맘조차 날려 보낼
담배 한 모금
그리고
세상의
모든 시름을 잊게 해 줄
술 한 잔을 담아

언젠가는
우리가 너를 잊는다 해도
우리를 잊는 우리가 있다 해도

기어이

자국으로 남아

마음 한구석

기억 하나에


지워지지 않고

바래지지 않고

사라지지 않고

소모되지 않고


언제나

연둣빛 희망

반짝이며

남아 있길……


남아 있길, 그렇게 진성이가 쓴 시의 마지막 부분을 나도 모르게 소리 내어 중얼거렸다. 여진이는 나를 보며 눈짓을 한다.

'아니야, 여진아. 이것으로 충분해. 진성이의 시로.'

---

* 동성애자 인권연대 주최로 열린 고 육우당 추모식에서 강태성 씨가 낭송한 시.

나는 고개를 가로저었다.

여진이는 알아들었다는 듯 고개를 끄덕이더니 말했다.

"이제 상요와의 대화 시간이야. 그 동안 상요한테 해 주고 싶었던 말을 하는 거야."

우리는 자리에 앉았다.

'상요…… 네가 죽은 지 오늘로 꼭 칠일째야……'

그때 따뜻한 바람 한 줄기가 불었다.

'너 듣고 있니? 너 보고 있니?'

"상요야."

진성이의 목소리. 무슨 말을 하려는 걸까? 액자 속에서 웃고 있는 상요의 얼굴이 점점 커지는 것 같다. 사진 속에서 툭 튀어나올 것처럼.

휘파람 소리. 진성이가 휘파람을 불기 시작했다. 한스밴드의 「친구야, 사랑해」 그래, 그 노래다. 휘파람 소리는 끊어질 듯 이어지고 있었다. 진성이는 지금 울고 있는 걸까? 눈물이 잔뜩 묻어 있는 것 같은 느낌. 노래가 끝나 갈 즈음에 여진이 내 팔을 잡았다. 여진이를 따라 일어서서 현관문을 열고 밖으로 나왔다.

우리는 단지 앞에 있는 놀이터로 갔다.

"진성이가 먼저 연락해 왔어. 장례식 얘기를 했거든. 진짜 올 줄은 몰랐어."

"진성이, 지금 울고 있을까?"

"실컷 울라고 너 데리고 나온 거야."

"너는 진짜 속이 깊어. 여진아, 나, 네가 점점 더 좋아진다."

"쳇. 헛된 희망을 갖게 하는 대사는 관두시지."

"그 헛된 희망 완전히 버린 거 아니었어?"

여진이 얼굴이 발개졌다.

"사랑보다 우정이 더 좋은 거야."

"누가 뭐래?"

여진이 쑥스럽게 웃었다.

정말 우정을 나눌 수 있는 친구였는데, 상요. 내가 좀 더 일찍 나를 보였으면 너는 그렇게 가지 않아도 되지 않았을까?

"나는 상요가 죽고 나서야 친구가 된 것 같아."

"상요도 하늘에서 네 친구가 돼 있을 거야."

"「친구야, 사랑해」 그거 상요가 좋아하는 노래 아니었을까?"

여진이 말했다. 우리는 함께 노래를 불렀다.


우리 처음엔 서로 사랑하는 법을 몰랐지 바보처럼

……

친구야 사랑해 언제나 날 지켜 주던 너를

당연하게 생각해서 미안해

네 옆엔 항상 내가 있을게 기억해 줘.

내 친구야 사랑해 언제나 날 지켜 주던 너를

내게는 하나뿐인 친구야

이제 우리 볼 수 없어도

널 잊지 않을게.


차가운 바람이 몸을 훑고 지나간다. 삶이 이승에서 끝나지 않는다는 건, 아니, 그렇다고 믿는 건 얼마나 다행인지 모른다.

"상요는 행복할 거야."

이렇게 말할 수 있으니까.

여진이 내 손을 꼭 쥐었다.

"너는 죽는다는 생각하지 마라."

나를 바라보는 눈동자에 눈물이 고인다.

"나는 네가 그냥 너로서 좋아. 그건 내가 널 좋아하기 때문이야. 그게 진짜 좋아하는 거 아니니?"

"고마워."

"나 진짜 어른스럽지 않냐? 내가 생각해도 참 괜찮은 앤데 말이야."

"아우, 짜증나."

우리는 그렇게 마주 보고 웃었다. 이만하면 됐다 싶어서 집으로 들어갔다. 진성이는 가고 없었다. 테이블 위에 진성이가 쓴 시가 놓여 있다. 그 아래 고맙다, 그렇게 한 마디가 쓰여 있다. 우리 보라고 쓴 걸까? 아니면 상요한테 한 말일까?

『장자』를 펼쳐 상요가 좋아했던 구절을 읽었다.

액자 속의 상요가 입을 벌려 말을 할 것 같은 기분. 아직도 이렇게 생생한데, 우리가 숨 쉬는 어느 곳에도 없다는 사실이 아프게 와 닿았다.

"상요야, 이건 너를 위한 구절이야."

'내편'에 있는 죽음에 관련된 구절을 소리 내어 읽었다.


살아 있는 것을 기뻐하는 것은 어리석음일 뿐이다. 사람이 죽음을 멀리 하려는 것은 어렸을 때 떠나 온 고향에 돌아가지 않으려는 것과 마찬가지다. 여희는 '애'라는 고장을 지키는 관리의 딸이었다. 처음 진나라에 끌려와서는 눈물로 옷깃을 적셨지만, 왕의 사랑을 받으며 호화로운 궁궐에서 산해진미를 먹게 되자 전의 행동을 후회했다고 한다. 이와 마찬가지로 죽은 사람들이 삶에 대해 집착하리라는 보장 또한 없는 것이다.


"죽은 사람들이 아무도 돌아오지 않는 것을 보면 좋은 곳일 거야."

여진이 말했다.

"거기서는 동성애자라고 억압 받지도 않겠지."

내가 말했다.

"넥타르도 먹을 수 있을 거야."

"넥타르?"

"그리스 신화에 보면 나오잖아. 신들의 음료."

"여진이는 아는 것도 참 많아."

이런 친구가 있다는 게 참 좋다. 여진이 손을 꼭 쥐었다.

"네가 있어서 참 좋아."

상요한테 하지 못한 말.

"손은 좀 놓고 말해. 네 말대로 헛된 희망 완전히 못 버렸나 보다."

여진이 억지로 손을 뺐다.

"친구여서 더 좋다며."

"몰라. 나도 내가 헷갈려. 암튼 앞으로는 물어 보고 좋아할 거야. 게이인지, 아닌지."

"그러면 진짜 좋아하는 게 아니라며?"

"그런가?"

우리는 테이블 위에 놓인 크로와상을 먹었다.

상요가 크로와상을 좋아했구나. 빵 껍질을 벗겼다. 한 겹, 다시 또 한 겹. 벗긴 껍질을 녹차에 적셔서 먹었다. 다시 따뜻한 바람

한 줄기가 분다. 상요 냄새. 여진이는 느끼지 못하고 있는 것 같다. 내 방으로 들어가 「시카고」의 OST를 틀었다.

'상요야, 너는 장자를 품에 안고 죽을 거라 했지. 나는 이 노래를 들으면서 죽고 싶다는 생각을 했어. 어때, 노래 좋지?'

상요가 책을 보여 주면서 좋지? 했던 순간이 떠오른다. 유난히 햇살이 따사로웠던 그 날. 스탠드에 나란히 앉아 있던 우리.

'상요야, 이젠 행복해야 해.'

"현아, 네가 행복했으면 좋겠어."

거의 동시였다. 내가 상요한테 마음으로 말하는 것과 동시에 여진이 나에게 그렇게 말했다. 나는 여진이 옆에 다가가 앉았다.

"……"

"너를 만나서 내가 행복하니까."

이번에는 여진이가 내 손을 잡았다.

"세상에 이렇게 특별한 친구를 가진 애가 어디 흔하겠어?"

여진이 눈 속에 내가 있다. 내가 온전하게 받아들여지는 기분. 단 한 사람이라도 손을 꼭 잡아 주며 네가 있어서 행복하다고 말해 준 사람이 있었다면 상요는 죽지 않았을 것이다.

상요야, 미안하다……

# 14
## 널 잃지 않기 위해서 무엇이든 할 거야

선잠을 자고 있었다.

"현아……"

나를 부르는 소리. 누구일까?

다시 잠을 청했다.

쿵쿵. 문 두드리는 소리.

정신이 번쩍 났다. 벌떡 일어나 문을 열었다. 엄마가 배를 움켜
잡고 고통스러워하고 있다.

"아기가……"

말을 채 끝맺지도 못하고 엄마는 고개를 떨구었다. 엄마를 한
팔로 안고 전화기를 찾아 택시를 불렀다.

"아기가 나올 것 같아."

엄마는 숨을 몰아쉬며 간신히 말했다. 얼굴이 땀으로 범벅이 되었다.

"엄마, 조금만 참아."

이모한테 전화를 하며 시계를 보았다. 새벽 다섯 시. 엄마를 벽에 기대어 놓고 코트를 꺼내 걸쳐 주었다. 엄마는 나한테 온몸을 의지해 온다. 두 팔로 엄마를 감싸 안고 간신히 택시에 탔다. 엄마는 얼마나 무서울까? 현아, 이리 와서 배에 귀 좀 대 봐. 아기가 막 발로 차는데, 뭐라고 말은 안 하니? 행복하게 웃던 엄마. 조산기가 있다는 말을 듣고 나서는 버릇처럼 배를 쓸어내리곤 했다. 팔개월은 가까스로 넘긴 셈인가?

"아저씨, 빨리 좀 가 주세요."

차는 이미 너무나 빨리 달리고 있었다. 이 세상에 엄마와 나, 단둘이 있는 것 같은 기분. 온몸을 열어 생명을 내놓는 고통을 혼자서 고스란히 겪고 있는 엄마를 보고 있자니 나조차 몸서리가 쳐졌다.

끝도 없이 달리기만 할 것 같은 차가 멈추었다. 엄마를 부축해 병원 앞에 내리자 이모가 달려왔다. 엄마를 안다시피 해서 병실로 들어갔다.

"너무 아파."

잔뜩 일그러져 있는 얼굴. 눈물이 나려는 걸 억지로 참고 엄마의 손을 꼭 잡았다. 축축하고 뜨거운 손이 내 손을 꽉 붙든다.

"……엄마 옆에 있을 거지?"

"그럼."

"언제나?"

"언제나. 엿가락처럼 엄마 옆에 찰싹 붙어 있을 거야."

"그럼 됐어."

엄마는 고개를 돌렸다. 발갛게 상기된 볼에 눈물이 주르르 흐른다.

"자, 이제 수술하러 갈 거예요. 괜찮으시죠?"

"네."

엄마의 지친 목소리.

간호사들이 엄마가 누운 침대를 끌어 내었다. 다시 진통이 시작되는지 엄마는 몸을 뒤치기 시작한다.

"이따가 보자. 파이팅!"

이모는 주먹까지 불끈 쥐어 보였다. 나는 차마 아무 말도 할 수 없었다. 소리 없이 흐르는 눈물을 손등으로 문질렀다.

"사내 녀석이…… 괜찮아."

말은 그렇게 했지만 이모도 전혀 괜찮지 않은 얼굴이었다.

"서너 시간 정도 걸릴 텐데, 대기실에 가 있을래?"

"수술을 그렇게 오래 해?"

깜짝 놀라서 물었다.

"마취하고 아기 꺼내는 데는 한 삼십 분 정도밖에 안 걸려. 마취에서 깨어나는 시간 때문에 그래."

"그래도 무슨 일 있을지 모르니까……"

"그래, 그러자."

우리는 수술실이 보이는 의자에 앉았다. 이모는 호주머니에서 뭔가를 꺼내더니 손으로 잡고는 중얼중얼 기도를 하기 시작했다. 묵주였다. 두 눈을 감고 동글동글한 묵주알을 굴리며 쉴 새 없이 기도문을 외우는 이모의 입가에 주름이 잔뜩 잡혀 있다. 언제부터 성당에 다니신 걸까? 수술실 문으로 눈이 간다. 별일은 없겠지? 지금은 마취 상태니까 아프지도 않을 거야. 건강한 아기가 태어났으면 좋겠다. 다른 건 아무것도 상관없어. 그저 몸만 건강하면 돼. 몸만 건강하면…… 엄마와 아기, 둘 모두. 기도하는 거나 배워 둘 걸. 하느님, 예수님, 부처님, 성모님, 삼신할머니, 제우스, 헤라, 우리 엄마와 아기를 지켜 주세요. 먼저 돌아간 모든 영혼들, 우리 엄마와 아기를 지켜 주세요. 사마천, 노자, 장자, 세종대왕……

……상요야, 지금 보고 있니? 내 동생이 태어나려고 해. 너도 우리 아기를 위해서 기도해 주겠니? 그래 주겠니?

"별일 없는 거지?"

이모가 성호를 그으면서 말했다.

"기도 다 했어요?"

"이따가 또 할 거야."

"……"

"공부 잘한다고 들었는데, 지방대 갈 거 아니지?"

"왜요?"

"근데 왜 엄마 옆에 있어 달라고 청승이야. 아들이 그럼 엄마 옆에 있지 어디에 있어."

"그러게요."

바닥만 내려다보며 말했다.

"아기 이름은 네가 짓기로 했다면서?"

"해인이오."

"해인?"

"예."

"무슨 뜻이야?"

"엄마 이름에서 '해' 따오고요, 내 이름이 현이잖아요. 어질 현."

"그럼 해현이잖아. 현해인가?"

"어질 '인' 해서 해인이오."

그때였다. 수술실 문이 열리고 간호사가 나왔다. 우리는 동시에 벌떡 일어섰다.

"공주님이에요."

"건강은요?"

이모가 물었다.

"산모와 아기 둘 모두 건강합니다."

한숨이 푹 나왔다.

우리는 간호사를 따라 신생아실로 갔다. 유리문 너머 하얀 포대기에 싸인 조그만 아기가 보였다. 눈도 못 뜨고 오만상을 다 찌푸린 얼굴이 그렇게 귀여워 보일 수가 없다. 어서 아기를 만져보고 싶다, 안아 보고 싶다는 생각에 문을 톡톡 두드렸다.

"해인아, 안녕?"

"해인아, 이모다, 이모. 여긴 네 오빠."

간호사는 우리를 향해 웃어 보이더니 아기를 침대에 뉘었다.

"자식새끼 태어나는 데 남편이라는 놈은 코빼기도 안 보이고."

이모가 말했다.

"아빠한테 연락했어요?"

"엄마 몰래 했다. 그래도 알아야 할 거 아니야."

"뭐 하러 그러셨어요?"

아빠 생각을 하지 않았던 게 아니다. 하지만 엄마를 그렇게 놓아 주지 않으려고 괴롭혔던 사람이 어떻게 이혼하자마자 다른 여자와 결혼을 할 수가 있을까? 지금은 아빠에 대한 일말의 애정마저 사라지고 없다.

"글쎄, 나도 그 인간, 아니 네 아빠 많이 미워했다만, 부모 마음이라는 게 그게 아니지. 너나 네 엄마한테 차게 대하기는 했지만, 사람이 못나서 그런 걸 어쩌니. 할 도리는 해야겠다 싶어서 마지막으로 한 거니까, 너무 구박하지 마."

아빠가 오든 안 오든 상관없다. 그건 아빠의 일이라는 생각.

엄마는 수술실에 들어간 지 세 시간이 훌쩍 지나서야 나왔다. 건강하다는 얘기를 들었는데도 엄마를 보기까지 마음을 놓을 수가 없었다. 수술실에서 나온 엄마는 몹시 괴로워했다. 엄마가 신음 소리를 낼 때마다 내 가슴도 날카로운 무엇으로 콕콕 찌르는 듯 아파 왔다.

병실로 옮기고 나서도 엄마의 고통스러운 몸짓은 계속되었다.

"이모, 진통제라도 놔야 하는 거 아니에요?"

"마취에서 깨어나는 중이어서 그래."

"그래도 너무 괴로워하잖아요."

"살아 있다는 증거야. 고통스러워하지 않으면 그게 더 큰일이야."

간호사가 말했다.

"잠드시면 안 돼요. 보호자분들은 계속해서 말을 시키세요. 그래야 마취에서 빨리 깨어나요."

괴로워하는 엄마를 편히 내버려 두지 못한다는 게 잔인하다는 생각이 들었다.

"고생했다. 대견한 내 동생."

이모가 엄마 팔을 흔들며 말한다.

"아기는?"

"건강해. 예쁜 공주님이야."

"다행이다."

엄마 얼굴에 희미한 미소가 감돈다.

"현이는?"

엄마의 초점 없는 눈동자가 나를 찾는다.

"엄마, 나 여기 있어. 많이 힘들었지?"

"아기 이름 불러 줬어?"

"응, 해인아, 불러 줬어."

상기된 엄마의 볼에 손을 갖다 댔다. 엄마의 얼굴은 다시 고통으로 일그러졌다.

"참지 말고 소리쳐. 아프다고 소리치라고."

이모가 큰 소리로 말했다.

"아파! 아파 죽겠어! 괴로워! 괴로워서 죽을 것 같아!"

엄마가 몸을 뒤치며 소리쳤다.

"그래, 그렇게 소리치는 거야. 절대 안 죽어. 이제 좋은 일만 남았는데 죽긴 왜 죽어?"

엄마의 모습을 볼 수가 없어서 병실을 나왔다. 닫힌 병실 밖으로도 신음 소리가 들린다. 엄마는 저렇게 괴로워하면서 나를 낳았겠구나…… 그러니 해인아, 건강하게 잘 커야 해. 너한테는 엄마도 있고, 오빠도 있으니까. 어떤 어려움이 있어도 너만을 사랑할 엄마, 오빠, 그리고 이모도 있으니까 아무런 걱정하지 않아도 돼.

엄마는 한 시간이나 더 괴로워하다가 진통제를 맞고 잠이 들었다. 나는 이모를 보내고 병실을 지켰다.

"너도 못 잤잖아."

"그러니까 저녁에 교대해."

"그래도 되겠니? 고3인데?"

"고3도 아들이야."

"남편 복은 없어도 자식 복은 짱이네."

"짱?"

이모와 나는 소리 내어 웃었다.

몸은 피곤한데 정신은 맑다. 커피를 마시며 잠을 쫓았다. 학교에 연락을 해 두어야겠다는 생각이 들어서 핸드폰을 열었다. 부재중 전화 열 통, 메시지도 다섯 개나 와 있다. 쿡, 웃음이 나온다. 모두 여진이다. 전화를 했다. 신호음이 울리기 시작하고서야 수업 시간이라는 생각이 들었다. 그런데도 여진이는 쩌렁쩌렁한 목소리로 전화를 받았다.

"야, 내가 얼마나 걱정했는지 알아?"

"지금 수업 시간 아니야?"

"수업 시간이 문제야?"

멀리서 선생님의 고함 소리.

"그럼 수업 시간이 문제지. 야, 너 전화 못 끊어?"

"밖에서 받겠습니다."

아이들이 웅성거리는 소리.

"너 미쳤니?"

잔뜩 화가 난 선생님의 목소리가 들리고 여진이의 헉헉거리는 소리가 들린다.

"화장실로 도망 왔어."

상황을 이야기했다.

"담임한테도 말해 줘."

"현아, 나는 네가 나한테 얼마나 소중한 사람인지 또 한 번 깨달았다니까."

"자꾸 깨닫게 해 줘?"

"아니! 한 번만 더 이런 일 있으면 너 죽는다. 아니, 죽지 않을 만큼 패 줄 거야."

전화를 끊었다. 웃음이 난다. 살다 보니 여진이 같은 친구를 다 만나는구나. 살다 보니. 내가 나를 드러내 보이고 나를 있는 그대로 받아 줄 수 있는 사람들이 어쩌면 세상에 또 있을 것 같다는 생각이 든다.

병실로 돌아왔다. 엄마는 신음 소리를 내다가는 금세 까무룩 잠이 든다. 잠든 엄마의 모습이 이제야 평온해 보인다. 언제 그런 고통이 있었는가 싶다.


엄마는 일 주일 동안 입원해 있었다.

퇴원하기 전날, 이모한테 우겨서 병원에서 자기로 했다.

"그럴 필요 없다니까. 이제 엄마 혼자서 다 할 수 있잖아. 이모가 아침에 일찍 오면 돼."

"내가 그러고 싶다니까. 이모는 푹 자고 천천히 와."

"시험이 코앞인데, 공부는 고사하고 컨디션이라도 조절해야 할 거 아니야. 그러다가 병이라도 나면 어쩌려고 그래?"

이모는 나에게 등을 떠밀려서야 억지로 갔다.

휴지통을 비우고 가습기에 물을 채웠다. 엄마 이부자리를 봐 주고 나도 간이침대에 몸을 눕혔다. 아홉 시밖에 안 됐는데 병실은 어둡고 조용하다.

"시험 준비는 잘 돼 가니?"

그 말을 하고 엄마는 웃었다.

"왜 웃어?"

"그렇잖아. 이렇게 시간을 빼앗아 놓고는 잘 돼 가냐고 묻는 거 좀 심하다 싶네."

"시험 잘 볼 거야. 걱정하지 마."

"그래, 이번에 잘 못 보면 내년에 또 보면 되지 뭐."

"왜 그래? 성적 올랐어. 나, 좋은 대학에 들어가려고."

"고맙다. 정말 잘 커 줘서."

내가 정말 잘 큰 건가? 엄마, 나 이대로 괜찮은 거야? 이런 나로 살아도 되는 거지?

"엄마……"

규칙적인 숨소리가 들린다.

"잠들었어?"

'엄마가 그랬잖아, 할 말 없냐고. 말하고 싶어지면 하라고 했잖아. 나 지금 엄마한테 하고 싶은 말이 있는데……'


아침에 일어나 보니 엄마는 벌써 깨어 있었다.

"잘 잤니?"

"응."

말은 그렇게 했지만 여기저기 안 쑤시는 데가 없다.

"일어나서 혼자가 아닌 게 이렇게 좋을 수가 없네."

엄마는 입가에 주름을 잡으며 웃었다. 얼굴은 아직도 푸석푸석하고 배도 불룩하다. 아기만 나오면 원래대로 돌아가는 줄 알았는데 그게 아닌가 보다.

나는 엄마가 식사하는 것을 도와 주고는 짐을 쌌다. 이모는 늦잠을 잤다며 연락이 왔다. 겨우 일 주일 동안 있었는데 짐이 너무 많다.

"고등학교 졸업하면 운전 면허증부터 딸까 봐."

"왜?"

"그래야 엄마랑 해인이랑 태우고 다니지."

"네가 없었으면 어떻게 했을까? 생각만 해도 겁나."

엄마가 나를 가만히 들여다보며 말한다. 얼마 전까지만 해도 엄마한테 아기만 있으면 될 것 같다는 생각을 했는데, 이제는 엄마와 아기를 위해 내가 무엇을 할 수 있을지 걱정이다.

"현아, 엄마한테 할 말 없니?"

긴장된 목소리. 아니, 긴장을 하고 있는 건 나인가?

"……"

"네 장롱 서랍 속에 있던 비닐 끈…… 엄마가 치웠어. 서랍 속에 있던 수면제도 모두 버리고."

가슴이 쿵, 하고 내려앉는다. 비닐 끈을 없앤 건 상요가 아니라 엄마였어. 당연하지. 상요는 이미 죽었으니까. 그런데도 왜 생각을 하지 못했을까? 이제야 말을 꺼내는 이유가 뭐지? 그 동안 얼마나 애가 탔을까?

엄마를 쳐다볼 수가 없다.

"이리 와 봐."

엄마는 나를 끌어안았다. 나무 토막이 되어 버린 내 몸을 엄마가 다독이고 있다. 오랜만에 안겨 보는 엄마의 품. 따뜻하고 포근한 느낌.

"엄마는 우리 아기가 자라는 모습을 현이와 함께 보고 싶어. 네가 애인이 생겨서 사랑하는 모습도 보고 싶고. 늙어 가는 모습도 보고 싶어. 엄마는…… 현이가 너무 좋아."

"엄마!"

"알고 있었어."

엄마는 나를 더 꼭 끌어안았다.

"언제부터?"

"네가 아주 어렸을 때부터."

"그런데 왜?"

엄마는 나를 놓아 주었다. 엄마의 눈에 눈물이 가득 고여 있다.

"왜 이제야 말을 하느냐고?"

눈물이 뚝 떨어진다.

"네가 말하기 전까지는 인정하고 싶지 않았어. 이 사회에서 동성애자로 사는 게 얼마나 힘든지 알고 있으니까. 그런데 상요라는 애 자살했다는 소리 들으니까 겁이 덜컥 났어. 엄마는 널 잃고 싶지 않다. 널 잃지 않기 위해서 엄마는 무엇이든 할 거야."

가슴속에서 뜨거운 덩어리가 툭 터지는 기분. 내가 의식하지도 못하는 새에 가득 고인 눈물이 흘러내린다.

"오랫동안 외면하고 있어서 미안하다……"

나는 엄마를 꼭 끌어안았다. 내가 울먹이고 있는 건지, 엄마가 울먹이고 있는 건지, 우리의 몸이 파도처럼 출렁인다.

# 15
## 나는 게이다

"해인아, 해인아."

엄마는 눈도 채 뜨지 못하고 꼼지락거리는 아기 볼을 손가락으로 톡톡 건드린다.

"아유, 됐다니까."

"아니야, 해인이 뽀뽀가 찹쌀떡 한 상자보다 낫단 말이야."

엄마는 기어코 해인이를 깨웠다. 아직 잠에 취한 해인이는 말간 눈만 껌뻑거린다.

"아직 뽀뽀도 못 하는데 무슨."

"얼굴을 갖다 대면 되잖아."

"엎드려 절 받기야."

나는 해인이 입술에 볼을 갖다 댔다. 보드랍고 귀여운 입술이 살짝 스친다. 기어코 해인이는 울음을 터뜨렸다.

"잘하고 와!"

"현이 파이팅!"

엄마와 이모의 말을 뒤로하고 현관문을 나섰다. 엘리베이터를 타지 않고 계단으로 내려갔다. 핫둘 핫둘, 입으로 구호까지 붙이면서. 밖으로 나오니 차가운 바람이 달려든다. 크게 숨을 들이마셨다. 시원한 기운이 온몸에 퍼진다. 걸으면서 기지개도 쭉 폈다. 아침을 준비하는 거리에는 사람들의 모습이 드문드문 눈에 띈다. 주위를 둘러보니 세상이 더 환해진 것 같은 기분이다. 어디를 가는지 하얀 털이 달린 파란 점퍼를 입은 어린 여자 아이가 엄마 손에 매달려 종종걸음을 치고 있다. 조그만 발을 바쁘게 놀리면서도 연방 이곳저곳 두리번거리는 모습이 그렇게 귀여울 수가 없다. 지금은 포대기에 싸여 두 눈만 끔뻑거리고 있는 해인이도 언젠가는 저렇게 걸어다닐 거라고 생각하니 아이의 모습이 더 사랑스러워 보인다. 아이는 고개를 쳐들고 정확히 눈을 맞추며 구김살 없이 활짝 웃는다. 나도 마주 보고 웃으며 손을 흔들어 주었다. 버스 정류장에는 중학생쯤으로 보이는 서너 명의 남자 아이들이 서 있다. 어디 놀러라도 가나 보다. 길게 기른 머리 사이로 귀고리가 반짝인다. 호주머니에 두 손을 푹 찌르고 애써 우울한 얼굴을 하고 있지만 입가에는 웃음이 맴돌고 있다. 버스가 정차하자 의자에 앉아 있던 할머니 한 분이 지팡이에 의지해 힘겹게 일어섰다. 보라색 버선에 끼어 한쪽 바짓단이 올라가 있다. 나도 모르게 할머니, 하고 부를 뻔했다.

순간 웃음이 푹, 나왔다.

버스가 올 곳을 초점 없는 눈으로 막연하게 응시하며 서 있곤 하던 정류장.

하늘을 올려다보았다.

'야, 정상요! 너 잘 살고 있냐?'

물론이지. 아주 즐겁게 살고 있어. 진짜 게이가 된 느낌인걸.

'그게 무슨 말이야?'

넌 게이가 무슨 뜻인 줄도 모르냐? 즐겁다는 뜻이잖아. 너도 즐겁게 잘 살아.

상요가 웃으며 나를 내려다보고 있다.

버스가 도착했다.

'그래, 나도 게이로 살 거야. 상요야, 내가 내딛는 첫걸음을 지켜봐 줘.'

버스에 올랐다. 자리에 앉자마자 버스가 출발했다. 조금의 망설임도 없이 경쾌하게.

작가의 말

## 어느 청소년 동성애자의 죽음

2003년 4월 26일.

한 청소년이 동성애자 인권연대 사무실에서 문고리에 목을 매어 자살했다는 신문 기사를 읽었다. 한 해가 지나고 또 한 해가 지났다. 잊었다고 생각하면 또다시 불쑥불쑥 튀어나와 나를 괴롭혔던 청소년 동성애자 육우당(六友堂)의 죽음. 언젠가는 이 이야기를 써야겠구나, 그래야 벗어날 수 있겠구나, 그런 생각을 하는 중에 책여세 편집장으로 있는 박혜숙 씨로부터 편지 한 통을 받았다. 그 안에 들어 있던 신문 기사. 등줄기가 서늘했다. 반듯하게 오려진 신문 기사는 분명 2003년도에 자살한 육우당에 대한 것이었다. 더 이상 도망갈 수 없겠다는 생각이 들었다. "경화 씨가 이 얘기를 소설로 써 보면 어떻겠어?" 그렇게 나는 육우당에게 한 발 한 발 다가서고 있었다.

남성 동성애자 모임인 '친구사이'로부터 소개를 받아 동성애자 인권연대 사무국장을 만났다. 육우당의 죽음을 처음으로 목격한 사람이었다. 그 이후 동인련 사람들과 만남을 가지면서 육우당에 대한 여러 가지 이야기들을 들을 수 있었다. 육우당에 대해 알아 갈수록 그의 영혼이 나의 일거수일투족을 감시하는 기분이 들었다. 어느 순간에는 완전히 내 몸에 눌러붙어 있는 이물스런 느낌까지 받았다. '못 쓸 것 같다'는 말을 의식적으로 하고 다녔다. 그런 나를 지켜보던 사람들은 '안 써도 된다고 했다'고 했다. '정말 안 쓸 거야. 덮어 버릴 거야' 그런 결심을 한 날에는 가위에 눌렸다. 집에 혼자 있는 게 무서워서 거리를 쏘다니기도 했다.

육우당의 삶은 한 마디로 너무나 드라마틱했다. 열아홉 살, 짧은 인생을 벅차게 살다 간 그. 한때는 연극을 하며 뮤지컬 배우를 꿈꾸기도 했다. 그리고 시조 시인을 꿈꾸기도 했다. 죽기 전까지 그가 남긴 시조는 무려 158수나 된다. 동성애자 탄압에 맞서서 일간지에 투고를 하는가 하면 전쟁 반대 집회에 나가서 당당하게 무지개 깃발을 흔들기도 했던 그. 이 모든 것이 가능했던 것은 그의 명민함과 더불어 삶에 대한 뜨거운 열정 때문이었다. 그의 죽음에 친구들이 더욱 당혹스러울 수밖에 없었던 이유이다. 이제 더 이상 유난히 하얗던 그의 얼굴과 싱그러운 웃음과 재치 있는 말을 들을 수 없다.

나는 그런 드라마틱했던 육우당의 삶을 담아 낼 재능을 가지고 있지 못하다. 그것을 내 스스로 너무나 잘 알고 있었다. 그럼에도 불구하고 육우당은 끊임없이 자신의 얘기를 쓰라고 나를 독촉하고 있었다. 무작정 컴퓨터 앞에 앉았다. 다들 '안 써도 된다'고 했으니까 하다가 안 되면 덮을 생각이었다. 그렇게 생각하니 마음이 홀가분했다. '여섯 가지 친구'라는 뜻의, 그가 이름 대신 불리기 원했던 '육우당(六友堂)'만 생각하면서 썼다. 글 속에는 여섯 가지 중에서 두 개가 차용된다. 녹차와 『장자』. 그가 즐겨 마셨던 음료 이며 존경했던 스승이다. 그리고 한스밴드의 「친구야, 사랑해」는 실제로 육우당이 노래방에서 즐겨 불렀던 노래이고, 영화 「시카고」 OST는 '사람의 마음을 흔드는 노래'라며 즐겨 들었던 곡이다.

글 속의 주인공 '현'은 육우당을 밀어 내고 있었다. 새로운 캐릭터가 만들어진 것이다. 육우당은 삶에 대한 그리고 자신에 대한 애정이 있었다. 하지만 현은 그 자리에 우울과 자기 혐오와 타인에 대한 불신을 켜켜이 쌓아 나갔다. 어쨌든 현은 살고자 했다. 그러다가 느닷없이 '상요'가 등장했다. 예상치 못한 일이었다. 상요는 자신이 어설프게나마 육우당의 역할을 하고 싶어 했다. 그렇다고 해서 상요가 육우당인 것은 아니다. 여기에서 또 한 번 글 속의 모든 인물은 작가 자신이다, 라는 말을 할 수밖에 없겠다.

이 글 속에 차용된 소소한 에피소드들은 모두 내 머릿속에서 나온 것들은 아니다. 친밀한 관계를 유지해 오고 있는 사람들의 가슴 아픈 인생 단면들이다. 나는 그들의 동의를 얻어 몇 가지 이야기들을 글 속에 삽입하였다.

한 가지 말하고 싶은 것은 동성애자는 생물학적으로 결정되는 것이 아니라는 것이다. 다시 말해서 유전자의 문제가 아닌 것이다. 한 사람을 이해하려면 동성에게 성적 매력을 느끼느냐 이성에게 성적 매력을 느끼느냐가 아니라 그가 어떤 사회적 억압을 받고 있으며 개인적으로 어떠한 어려움에 처해 있는지 이해하려는 애정이 있어야 한다. 성적 취향이라는 것은 그의 전 역사를 통해서 이해되어야 하는 것이라는 점을 강조해 두고 싶다.

권이와 태성이, 욜 씨와 여운 씨는 '글을 쓰지 않아도 좋다' 고 말한 사람들이면서 동시에 글을 쓰는 데 가장 많은 도움을 주었던 사람들이다. 좀 더 나은 글을 쓰지 못한 미안함은 이후 더 좋은 글을 쓰겠다는 약속으로 대신하고 싶다.

이제 더 이상 죽지 말자. 살자, 그것도 아주 멋들어지게 살자. 살다 보면 인생의 복병과 만난다. 혼자서는 그 복병을 넘을 수 없다. 인생이란 때로 끝도 없는 나락으로 빠지기도 하고 만개한 꽃

처럼 흐드러지기도 한다. 친구가 있어서 연인이 있어서 가족이 있
어서 눈물을 덜어 내고 소리 내어 웃을 수 있는 것이 아니겠는가!

2006년 4월
이경화